U0063520

Xīnbiān Pǔtōnghuà Jiàochéng

新編普通話教程

 修訂版

編著_ 張勵妍＋肖正芳＋楊長進
統籌_ 姚德懷　　主編_ 繆錦安

修訂説明

　　本教材於 1988 年面世，至今已 24 年了。承蒙讀者愛戴，初級印刷 44 次，中級 25 次，高級 19 次。二十多年來，語言教學的理論和實踐都有很大發展，社會生活也有很大變化。為此，我們對這套教材做了較大的改動和修訂，保持了讀者喜愛的原有格局，重新編寫了內容，以嶄新的風貌呈獻給大家。

　　修訂後有兩個特點：一是漢語拼音體系更科學更規範。針對香港人學普通話的難點，加強了語音、詞彙、語法的練習。二是會話部分，更換了大量的課文。加強了口語元素，會話內容反映當前社會生活，會話用語體現當下普通話交際實況，使讀者學以致用，立竿見影。

　　修訂的分工如下，初級：語音部分張勵妍，課文部分楊長進；中級：語音部分肖正芳，課文部分肖正芳；高級：語音部分張勵妍，課文部分楊長進。審閱繆錦安，統籌姚德懷。

　　水平有限，難免錯漏，祈望指正！

編者謹識

2012 年 9 月

目　錄

編者的話

語音、詞彙、語法部分

課文部分

附錄

編者的話

　　香港中國語文學會成立於 1979 年。教學普通話，以至進行有關普通話的研究、出版、宣傳和推廣，一直是學會的重點工作之一。

　　學會的普通話課程分（1）基礎課程和（2）深造、專業課程（包括考試課程）兩大類。基礎課程又分初級、中級和高級，每級上課時間約為 24 小時，整個基礎課程的講授時間約為 72 小時。沒有學過普通話的學員一般就從初級學起，完成高級班課程，大致可達到香港考試局舉辦的 "普通話水平測試（普通程度）" 的水平。

　　多年來，本會陸續以課本和講義的形式編寫和出版了初級、中級和高級普通話教材，用過這些教材的學員數以萬計。1985 年開始，我們對這些舊教材進行了較大的修改和補充。使它們更具系統性、更具針對性，結果就是現在大家見面的這套新教材。

　　新教材的編制仍舊和以前一樣，分初級、中級、高級三冊；授課時間也相應維持不變。

　　新教材是在多年的教學經驗基礎上編成的，其中的語音、詞滙、語法知識部分重點突出、簡明易懂，而課文部分則語言材料比較豐富，實用價值較高。三冊教材階段分明，內容聯繫緊密，由淺入深，循序漸進。

　　下面就香港地區教學普通話應注意的問題，結合本教材，提一些建議，供教師和學生參考。

　　1. **注重練習**　學好普通話的關鍵是多聽、多講、多練。

因此，在語音、詞滙、語法知識部分內我們精心設計了大量的練習。這些練習形式多樣，針對了香港人學普通話的難點，相信很有實用意義。

2. **提供話題**　在課文部分，除了編排了練習之外，我們還提供了一些跟課文有關的話題，方便教師展開學生之間的交談。目前，在香港聽和講普通話的機會不多。因此，課堂上的交談和會話就十分重要。通過會話，可以發現學生的弱點，及時改進。每節課，教師應該安排二十分鐘到半小時的時間讓學生用普通話交談。

3. **注重實踐**　我們認為：在基礎課程階段，教學普通話主要是技能訓練，不是知識傳授。因此這套教材注重實踐，注重辨音能力和會話能力的提高，把與技能訓練關係不大的理論留給深造專修課程。

4. **學生要學好漢語拼音方案**　漢語拼音方案是現在國際上通用的為漢字注音的工具。我們也採用了漢語拼音為漢字注音，希望學員們重視它，學好它。學好漢語拼音，就能從字典查字音。從這個角度看，如果說漢語拼音是永久的、可靠的老師，也不為過。

5. **教師可以適當地組織課本以外的活動**　語言的學習，只有在實踐中才能掌握和鞏固。在課堂上也要靠語言實踐活動來推動教學。因此，除了上述的＂練習＂、＂話題＂外，從語言交際的實際出發，設計一些課本以外的活動進行教學，有時能收事半功倍之效，例如朗誦、歌唱、遊戲、短劇等等，就有助於活躍課堂的氣氛。但是這些活動應該針對學員的特點去組織，而且應該適可而止，絕對不宜過度。

6. **學生要好好利用電子資源和字典**　三冊教材都配有標準普通話讀音的電子聲檔。如果學生能每天抽三五分鐘聽一聽，練一練，收效一定很大。標準字典對掌握普通話的字音非常重要，我們建議教師抽一定時間向學生講解字典的重要性和使用方法。學生最好人手一本。

7. **關於高級教材** 語音、詞滙，語法部分着重指出廣東人學習普通話時在語音方面的一些難點，比較了普通話和廣州話在詞滙、語法方面的某些不同，加強了口語表達方面的訓練。課文部分和初級、中級相比，體裁較多樣化，題材更廣泛，表達的內容也更豐富。每課後面，還附有有關的常用詞語以及詞語運用練習和辨音練習。學生學完後應該能夠在一般場合與人溝通，普通話水平也可符合考試局舉辦的"普通話水平測試（普通程度）"的要求。

本教材由香港中國語文學會教材編寫組編寫，具體分工為：統籌：姚德懷；主編：繆錦安；語音、詞滙、語法部份和課文後的練習，主要由肖正芳和張勵妍編寫，而課文則主要由楊長進編寫和改編。曾經協助課文編寫的還有姜玉星、謝明華。選文原作者包括老舍、江秋嫻、馬三立等。

本教材既適用於普通話班，也適用於小組學習及自修，歡迎學校、公司、政府及民間推普機構採用。

敬請批評、指正！

香港中國語文學會教材編寫組
1988 年 3 月

1988 年第一次印刷所印的"編者的話"，至今對教程使用者仍有指導意義，所以修訂版照錄沿用（第一次印後略有修改）。

2012 年 9 月

語音、詞彙、語法部分

第一課　普通話　北京話　國語　華語

一、普通話

　　普通話是"以北京語音為標準音，以北方話為基礎方言，以典範的現代白話文著作為語法規範的漢民族共同語"。這是20世紀50年代學術討論的結論。

　　這裡有兩點值得注意：第一，普通話的基礎是北京話；第二，全國普遍通用的普通話是在北京話基礎上吸取了其他方言有用的成分，經過規範化而形成的。

二、北京話

　　地道的北京話也是一種方言，它的特點是：語音方面，捲舌音特別多；詞彙方面，有一些特有的變音詞、方言詞等。變音詞如：把"言語一聲兒"說成 yuányi yì shēngr；方言詞如：別價（別這樣）、敢情（當然、原來）、蓋了帽兒了（非常好）等等。

三、國語

　　國語這個名稱民國初年開始使用，台灣現仍沿用。目前多數台灣人所說的國語與標準的普通話差別不大，只是輕聲、兒化韻用得比較少，以及哪些字讀舌尖後音，哪些字讀舌尖前音與普通話有區別。

四、華語

華語一詞流行於新加坡及馬來西亞等華人聚居的地區。華語與標準的普通話差別不大。

五、香港人學習普通話語音須注意的問題

1. 普通話特有而廣州話沒有的音要學會

普通話有 e 韻母和捲舌韻母 er，廣州話沒有。如：餓（è）、二（èr）。

普通話區分舌面音 j、q、x，平舌音（舌尖前音）z、c、s，翹舌音（舌尖後音）zh、ch、sh、r 三組聲母，廣州話不區分。如：張（zhāng）、髒（zāng）、將（jiāng）。

普通話有 i、u、ü 開頭的韻母，廣州話沒有。如：街（jiē）、多（duō）、學（xué）。

普通話有降升調（ˇ）和全降調（ˋ），廣州話沒有。如：指（zhǐ）、制（zhì）。

普通話有輕聲和兒化韻，廣州話沒有。如：地方（dìfang）、一點兒（yìdiǎnr）。

2. 廣州話懶音的影響應避免

香港人說廣州話時的懶音，在說普通話時也會受影響，主要是 n、l 聲母不分，還有前鼻韻母和後鼻韻母互相混淆。如下面的詞語，會互相混讀：

一年（yì nián）──一連（yìlián）

盆子（pénzi）──棚子（péngzi）

3. 廣州話讀音相同而普通話相異的字要注意分辨

　　廣州話的同音字，有些在普通話中讀成不同的音，如廣州話 f 聲母的字，在普通話中往往分讀 f 和 h 兩個聲母，例子有：分（fēn）和昏（hūn）、府（fǔ）和虎（hǔ）、方（fāng）和荒（huāng）。

　　又如廣州話 in 韻母的字，在普通話中分讀 ian 和 an 兩個韻母，例子有：線（xiàn）和扇（shàn）、箭（jiàn）和戰（zhàn）。

4. 廣州話讀音不同而普通話相同的字要記清楚

　　有些字，廣州話讀音不同，而普通話卻是同音的，如廣州話分讀不同的聲母而普通話相同，例子有：晨（chén）和陳（chén）、遍（biàn）和變（biàn）。

　　又如廣州話分讀不同的韻母而普通話相同，例子有：聲（shēng）和生（shēng）、津（jīn）和今（jīn）。

練　習

一、朗讀下列詞語，找出自己發音上的毛病。

1.

私人	sīrén	詩人	shīrén
黑字	hēizì	黑痣	hēizhì
推辭	tuīcí	推遲	tuīchí
收拾	shōushi	休息	xiūxi
師範	shīfàn	稀飯	xīfàn

西遊記	Xīyóu Jì	私有制	sīyǒuzhì

2.

姓姚	xìng Yáo	姓饒	xìng Ráo
交代	jiāodài	招待	zhāodài
姓姜	xìng Jiāng	姓張	xìng Zhāng
稿子	gǎozi	餃子	jiǎozi
開發	kāifā	開花	kāihuā
公佈	gōngbù	公報	gōngbào
一片	yí piàn	一遍	yí biàn

二、先給加點的字注音，然後讀下面這段話。

　　張先生是詩人，他太太姓姜，他們有兩個孩子。今天張先生在他的私人住宅裡招待客人，張太太包豬肉韭菜餡兒的餃子請朋友吃。他們的朋友中，有一位是流行歌曲的作者——莊小姐，她自己開車到張先生家，胸前別了一朵蘭花，看起來很有氣質。

第二課　音節　音素　元音　輔音

一、音節

音節是語音結構的自然單位。一般來說，一個漢字的字音就是一個音節。

二、音素與聲母、韻母

音節還可以再分析，它是由音素組成的，如"亮"可以分析為 l-i-a-ng 四個音素。

普通話的音節，由 1-4 個音素組成，分元音音素和輔音音素兩類，它們的組合形式是：

組合形式	音節類型	舉例
元音	韻母（自成音節）	a、e、ou……
元音 + 輔音	韻母（自成音節）	en、ang……
輔音 + 元音	聲母 + 韻母	bo、fei、huo、zhao……
輔音 + 元音 + 輔音	聲母 + 韻母	kan、guan、cheng、xiong……

普通話的韻母，可以由元音音素組成，也可以由元音加輔音（-n、-ng）組成；普通話的聲母，則全部由輔音音素充當。

三、元音發音要領

普通話的元音音素共有 10 個：

舌面元音 a o e ê i u ü

舌尖元音 -i（前） -i（後）

捲舌元音 er

要發好元音，須注意舌位和唇形，可參照下表的提示練習。

元音發音要領表

類別 舌位前後 唇形 舌位高低	舌面元音					舌尖元音		捲舌元音
	前		央	後		前	後	央
	不圓唇	圓唇		不圓唇	圓唇			
高	i	ü		u[前]		-i[前]	-i[後]	
半高				e	o			
中			(e)					er
半低	ê							
低			a					

說明：

（1）表中（e）代表 en、eng 和輕聲 de、zhe 等音節中 e 的發音。

（2）舌尖元音 -i（前）、-i（後）分別代表 zi、ci、si 音節和 zhi、chi、shi、ri 音節中 -i 的發音。

（3）ie、üe 中的 e，實際發音是 ê，這裡的 e 是 ê 的省略寫法。

四、輔音發音要領

普通話的輔音音素共有 22 個：

b p m f　　d t n l　　g k h　　j q x
zh ch sh r　　z c s　　ng

要發好輔音，須注意發音部位（氣流受到阻礙的地方）和發音方法（氣流透出時怎樣形成阻礙和克服阻礙的方法），可參照下表的提示練習。

輔音發音要領表

發音部位 發音方法		雙唇 上唇 下唇	齒唇 上齒 下唇	舌尖前 舌尖 上齒背	舌尖中 舌尖 上牙床	舌尖後 舌尖 前硬腭	舌面 舌面 硬腭	舌根 舌根 軟腭
塞音	不送氣	b			d			g
	送　氣	p			t			k
塞擦音	不送氣			z		zh	j	
	送　氣			c		ch	q	
擦音	（清音）		f	s		sh	x	h
	（濁音）					r		
鼻音（濁音）		m			n			ng
邊音（濁音）					l			

說明：

（1）輔音發音時聲帶顫動者是濁音，否則是清音。

（2）舌根鼻音 ng 在普通話語音中不作聲母用，是後鼻韻母的尾音。

練　習

請把漢語拼音方案中所有的聲母和韻母一一讀出，注意輔音的發音部位和發音方法，以及元音的舌位和唇形。

附：

元音舌位唇形圖

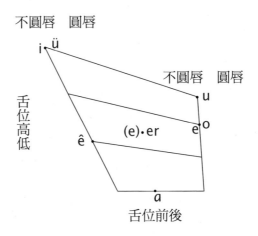

輔音音素發音部位示意圖

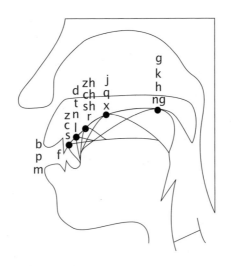

第三課　輕聲字的分辨

　　普通話中有一大批輕聲詞語，詞語的後一音節必須讀輕聲。判斷輕聲字是香港人學普通話的難點之一。下面列舉一些例子，來說明應讀輕聲和不讀輕聲的一些規律。

一、名詞、代詞詞尾

　　名詞、代詞的詞尾如 "子"、"兒"、"頭"、"們" 讀輕聲；但這些詞尾如果表示實際意思，就不讀輕聲。

讀輕聲	不讀輕聲
房子　月兒　舌頭　我們	孔子　君子　天子　女子　男子 蓮子　蝦子　獨生子
	嬰兒　健兒　男兒
	分頭　山頭　車頭　魚頭　煙頭（兒）

二、疊字詞語

　　疊字名詞和動詞，其重疊部分一般讀輕聲；但單音節形容詞重疊、重疊式副詞和名詞、量詞疊用，就不讀輕聲。

讀輕聲	不讀輕聲
名詞：媽媽 星星 娃娃	形容詞：慢慢 悄悄 高高
動詞：說說 看看 試試	副詞：剛剛 每每 恰恰
	表時間、數量、範圍的名詞、量詞：家家戶戶 老老小小 年年歲歲

三、"着"、"了"、"過"

　　"着"、"了"、"過"當助詞時讀輕聲；但是，它們與"得"、"不"連用表示可能性、結果或超過的時候，就不讀輕聲，而且"着"、"了"在後一種情況下的讀音也有變化；"過"表示經過、超過時，也不讀輕聲。

讀輕聲	不讀輕聲
助詞：來了 想着 去過	吃得了（liǎo） 來不了（liǎo） 睡得着（zháo） 見不着（zháo） 說得過（guò） 信不過（guò）
	坐過（guò）了站

四、方位詞

　　方位詞如"上"、"下"、"裡"、"邊"等，一般讀輕聲，但有的方位詞如"前"、"後"、"內"、"外"則不讀輕聲。

讀輕聲	不讀輕聲
天上 底下 心裡 那邊	門前 房後 室內 校外

五、量詞 "個"

量詞 "個" 一般讀輕聲，個別情況除外：

讀輕聲	不讀輕聲
六個　半個　幾個 哪個　這個　多少個	個個　整個

六、單純詞

口語中常用的單純詞，後一個音節讀輕聲；但書面語詞語不讀輕聲。

讀輕聲	不讀輕聲
葡萄　蘿蔔　琵琶	徘徊（páihuái）凜冽（lǐnliè） 蜿蜒（wānyán）

練　習

讀下列各句，請注意劃線的詞語，找出哪些字該讀輕聲，把它們圈出來。

1. a. 運動健兒住在這房子裡。

   b. 他有個獨生子愛吃魚頭和蓮子。

2. a. 這首琵琶曲氣勢磅礴，你聽聽多好聽。

   b. 中國古典音樂你聽得還不多，慢慢地你就會喜歡了。

3. a. 你<u>看看</u>，這裡過年<u>家家</u>都挺<u>熱鬧</u>。

b. <u>我們</u>也<u>剛剛</u>吃<u>過</u>年夜飯，咱們一起上花市<u>逛逛</u>去。

4. a. 該<u>來</u>的都<u>來了</u>。

b. 他有事<u>來不了</u>，好在<u>叫</u>的菜不多，還能<u>吃得了</u>。

5. a. <u>屋裡</u>擺着鮮花？我<u>見不着</u>哇！

b. 擺在<u>門前</u>的那盆菊花，你總該<u>看見</u>了吧！

第四課　輕聲的調值

　　普通話裡有很多輕聲。語流中的音節有輕有重，有長有短，這就形成了普通話整齊和諧的節奏，增強了語言的音樂感。

　　讀好輕聲，除了要注意它又輕又短的特點外，輕聲的調值（也就是音高）也要注意到，否則就讀不好。

　　輕聲的調值，大致是由前一個音節的聲調決定的：

前一字的調值	輕聲字的調值	提示	例詞
˥55（陰平）	·ǀ2	聽起來彷彿是輕短的去聲	他的　哥哥
˧˥35（陽平）	·ǀ3	唸又輕又短的中調	誰的　爺爺
˨˩21（半上）	·ǀ4	聽起來彷彿是輕短的陰平	我的　姐姐
˥˩51（去聲）	·ǀ1	聽起來彷彿是特別低的輕短的去聲	四個　弟弟

　　從上面的表中，我們可以看到：大多數情況下輕聲的調都比較低，只有在第三聲（半上）後面才高一些。大致的規律是：前高後低、前低後高。

練 習

一、讀下列詞語，注意輕聲的調值，發準音。

一。	／。	∨。	＼。
桌子	裙子	椅子	帽子
吃着	留着	躺着	坐着
黑的	紅的	紫的	綠的
說了	成了	走了	去了
聽過	學過	想過	看過
出來	回來	起來	進來
媽媽	爺爺	姐姐	爸爸
衣服	時候	腦袋	態度

二、注意讀準句子中的輕聲字（帶點的字）。請先給輕聲字前一字標調，然後反覆朗讀，體會並掌握輕聲的調值。

1. 孩子真乖呀。

2. 什麼都吃過。

3. 回來穿衣服。

4. 爺爺該知道。

5. 我們開會吧。

6. 裡邊真熱鬧。

7. 好的太貴了。

8. 晚上他去嗎？

9. 你們到過這裡吧。

10. 怎麼預備住處哇？

11. 姐姐那裡問了嗎？

12. 找個位子坐下來。

上聲字本來是降升調（〴214），但是一般多讀半三聲即半上（只讀降調部分，不讀升調部分），聽起來比較低沉。而上聲連讀時，情況比較複雜，現分述如下：

變調一：ˇ ˇ ⟶ ˊ ˇ

兩個上聲字連讀，前一個上聲變陽平，即前面的第三聲字變讀為第二聲，如：

ˊ ˇ　　ˊ ˇ　　ˊ ˇ
改選　　指導　　演講

變調二：ˇ ˳（從 ˇ 變來的。）⟶ ˊ ˳

兩個相連的上聲字，後一個字改讀輕聲（˳）的時候，有時前一個字要改讀陽平，如：

ˊ ˳　　ˊ ˳　　ˊ ˳　　ˊ ˳
手裡　　引起　　比比　　走走
ˊ ˳　　ˊ ˳　　ˊ ˳　　ˊ ˳
找我　　想法　　小姐　　請你

上述例子中，後一字的輕聲，是從上聲變來的，所以與它相連的前一個上聲字也要變陽平。

但是，應該指出：如果詞語的後一字是一個虛字（可以這樣去理解：整個詞語即使沒有這個字，意思也大致相同），則與它相連的前一個上聲字不變陽平而讀半上，如：

本子　膽子　稿子　剪子　曲子　嫂子　毯子

椅子　影子　領子　嗓子　腦子

奶奶　姐姐　癢癢

馬虎　耳朵

變調三：ˇ ˇ ˇ ⟶ ˊ ˊ ˇ ⟶ ˊ ˚ ˇ

三個上聲字相連，慢讀時，前兩個字變為陽平，如：

ˊ ˊ ˇ　　ˊ ˊ ˇ　　ˊ ˊ ˇ
我想買　請你寫　兩碗水

但當說得比較快時，中間那個字往往會說成較輕的陰平
（˚），如：

ˊ ˚ ˇ
洗臉水太燙了！

ˊ ˚ ˇ
演講稿寫好了沒有？

ˊ ˚ ˇ
請把這幅畫送到美術展覽館去。

變調四：∨ ∨ ∨ ∨ ∨ ⟶ ╱∨ ｜ ∨ ｜ ╱∨

多個上聲連讀時，按語義將音節分組，然後再變調，如：

╱ ° ∨　　╱ ° ∨
有急事可以打｜九九九。

∨　╱∨　╱∨　　╱∨　╱∨
我｜等你｜很久，｜總想｜找你。

╱∨　╱ ° ∨　╱∨　╱∨
請你｜給我買｜兩把｜雨傘。

練　習

給下列句子標上實際讀出的聲調。

1. 這不是個理想的產品。

2. 姐姐，你想到哪裡走走？

3. 找幾把椅子來。

4. 老李手裡有五種本子。

5. 我想起來，許小姐寫稿子很馬虎。

一、單音形容詞（A）重疊成 AA 的變調

單音形容詞重疊時，重疊部分不管原來是什麼聲調，口語裡一般都變成第一聲（陰平），兒化，並且是重音所在。如：

長長（兒）的	chángchāng(r)de
紅紅（兒）的	hónghōng(r)de
好好（兒）的	hǎohāo(r)de
早早（兒）的	zǎozāo(r)de
慢慢（兒）的	mànmān(r)de

這種附"兒尾"的疊字形容詞（或副詞）大多表示期望、祈令、要求，表示程度深或溫婉的語氣。如：

你走就走吧，走得遠遠的（yuǎnyuānrde）。〔程度深〕

你有話好好（hǎohāor）說嘛。〔祈令〕

在莊重正式的場合或朗誦非口語化的文學作品時，重疊的音節不兒化也不變調。如：

我國要好好（háohǎo）進行經濟建設，把貧窮落後遠遠（yuányuǎn）拋開。

二、單音形容詞（A）加後綴（BB）重疊成 ABB 的變調

"亮堂堂"（liàngtāngtāng）這類重疊式形容詞的後

兩字不管原來是什麼聲調，口語裡一般都變成第一聲（陰平）。
如：

沉甸甸	chéndiāndiān
慢騰騰	màntēngtēng
灰濛濛	huīmēngmēng

三、雙音節形容詞（AB）重疊成 AABB 的變調

在口語中，"老老實實"這類重疊式形容詞一般都會變調，第二音節可唸輕聲，第三音節唸第一聲，第四音節是重音所在，也唸第一聲，有時兒化。如：

老老實實	lǎolao-shīshī
整整齊齊	zhěngzhěng-qīqī
亮亮堂堂	liàngliang-tāngtāng(r)
明明白白	míngming-bāibāi(r)
熱熱鬧鬧	rère-nāonāo(r)

但在正式場合，第一音節重讀，第二音節為輕聲，第三、四音節一般讀原調。

四、雙音節動詞（AB）重疊成 AABB 的變調

有些雙音節動詞，也能作 AABB 式重疊，在句子中起着類似副詞的作用。這些重疊式的變調規律，與雙音節形容詞重疊成 AABB 式一樣。如：

| 湊湊合合 | còucou-hēhē |
| 對對付付 | duìdui-fūfū |

注意：重疊式形容詞如果讀得緩慢，可以不變調；在書面語中，一般也不變調。例如：

紛紛揚揚	fēnfēn-yángyáng
堂堂正正	tángtáng-zhèngzhèng
斷斷續續	duànduàn-xùxù

練　習

說說下列詞語，注意重疊式形容詞的變調。

1. 平平（兒）的　厚厚（兒）的　滿滿（兒）的
   短短（兒）的
2. 熱騰騰　孤零零　濕淋淋
3. 清清楚楚　慢慢騰騰　漂漂亮亮　和和氣氣
4. 慢慢（兒）走　早早（兒）來　好好（兒）溫習功課
   薄薄（兒）地塗一層果醬
5. 熱熱鬧鬧（兒）過個年　痛痛快快（兒）地講出來
6. 他們幾個客客氣氣、商商量量（兒）地解決了問題

第七課　兒化韻音變規律

一、兒化的性質、作用和表示法

兒化是一種音變現象，就是在元音上加一個捲舌動作，使原來的韻母成為捲舌韻母。拼音時在原韻母的後面加一個 –r 來表示。

兒化在表達上是有特殊作用的。如：

他捎信兒讓小王兒把花瓶兒旁邊的暖壺蓋兒帶來。

上述句子有四處兒化，它們分別有區分詞義、表示溫婉親切、表示細小和區分詞性的作用。

二、音變規律

需要兒化的音節，如果韻母不影響捲舌動作，則原韻母不變，只加捲舌動作就可以了；如果韻母影響捲舌動作，則韻母就會有變化；如果韻母使得發音時根本無法捲舌，則原韻母就得大變，或去掉韻尾，或增加音素。

兒化時韻母的變化是有規律的：

1. 音節末尾是 *a*、*o*、*e*、*u* 的，韻母不變，只加捲舌動作。

a
{
a–ar　　哪兒 *nǎr*　　號碼兒 *mǎr*　　打雜兒 *zár*
ia–iar　價兒 *jiàr*　一下兒 *xiàr*　豆芽兒 *yár*
ua–uar　花兒 *huār*　大褂兒 *guàr*　字畫兒 *huàr*
}

o
- o－or　　坡兒 pōr　　圍脖兒 bór　　薄膜兒 mór
- uo－uor　　座兒 zuòr　　大伙兒 huǒr　　幹活兒 huór
- ao－aor　　桃兒 táor　　草稿兒 gǎor　　符號兒 hàor
- iao－iaor　鳥兒 niǎor　留條兒 tiáor　樹苗兒 miáor

e－er　　這兒 zhèr　　唱歌兒 gēr　　紙盒兒 hér

u
- u－ur　　肚兒 dǔr　　露珠兒 zhūr　　工夫兒 fur
- ou－our　兜兒 dōur　帶頭兒 tóur　棉猴兒 hóur
- iou－iour　球兒 qiúr　小劉（兒）Liúr 加油兒 yóur

2. 韻母是 ai、ei、an、en，去掉韻尾 -i 或 -n，再加上捲舌動作[1]。

ai
- ai－ar　　蓋兒 gàr　　小孩兒 hár　　鞋帶兒 dàr
- uai－uar　塊兒 kuàr　乖乖兒 guār

ei
- ei－er　　輩兒 bèr
- uei(ui)－uer　味兒 wèr　　一會兒 huèr　墨水兒 shuěr

an
- an－ar　　伴兒 bàr　　名單兒 dār　　筆桿兒 gǎr
- ian－iar　邊兒 biār　一點兒 diǎr　筆尖兒 jiār
- uan－uar　玩兒 wár　小船兒 chuár　當官兒 guār
- üan－üar　圈兒 quār　花饊兒 juǎr　手絹兒 juàr

en
- en－er　　盆兒 pér　　前門兒 mér　　一身兒 shēr
- uen(un)－uer　冰棍兒 guèr　沒準兒 zhuěr　三輪兒 luér

---

1. 為了便於學習，這裡一律注實際讀音，下同。

3. -ng 韻尾的，丟掉這個鼻尾音，使前面的元音 "鼻化"[1] 並捲舌。

幫忙兒 mã́r[2]　藥方兒 fã̃r　花樣兒 yã̀r　蛋黃兒 huár

門縫兒 fẽ̀r　電影兒 yĩěr　眼鏡兒 jĩèr[3]　沒空兒 kõ̌r

4. 韻母 i、ie、in 變為韻母 ier；ü、üe、ün 變為 üer。

i-ier	皮兒 píer	小雞兒 jíer	
ie-ier	碟兒 diér	鍋貼兒 tiēr	台階兒 jiēr
in-ier	今兒 jiēr	腳印兒 yìer	背心兒 xiēr
ü-üer	小曲兒 qǔer	貓魚兒 yúer	
üe-üer	木撅兒 juér		
ün-üer	合群兒 qúer		

---

1. 發元音時，鼻腔不通氣。要是鼻腔也通氣，發的元音就叫鼻化元音。

2. 元音上加 ～ 號表示該元音鼻化。

3. ing 是例外，要加捲舌的 e。

練 習

一、朗讀下面的兒歌，注意讀準兒化韻。

你別看門口兒小舖（兒）不大點兒，你別看裝修得不起眼兒，為顧客服務的熱情暖心坎兒。有糖有茶有煙卷兒，有背心兒，有褲衩兒，還有小碟兒、小勺兒、筷子、碗兒，這起個早兒，貪個晚兒，買什麼都在家跟前兒。

二、下面的詞語，請再練習一次。

門口兒（ménkǒur）　　　　小舖兒（xiǎopùr）
褲衩兒（kùchǎr）　　　　　小勺兒（xiǎo sháor）
起個早兒（qǐ ge zǎor）

不大點兒（bú dà diǎr）　　不起眼兒（bùqǐyǎr）
心坎兒（xīnkǎr）　　　　　煙卷兒（yānjuǎr）
碗兒（wǎr）　　　　　　　貪個晚兒（tān ge wǎr）
跟前兒（gēnqiár）

小碟兒（xiǎo diér）　　　　背心兒（bèixīer）

第八課　語氣詞 "啊" 的音變

　　"啊"（a）在句尾作語氣詞時，由於受到前面一個音節末尾音素的影響，會發生音變。規律如下：

1. 前一個音節末尾音素是 a、o（ao、iao 除外）、e、ê、i、ü 時，"啊" 讀 ya，也可以寫作 "呀"。如：

　　可是一直等下去也不是辦法呀！（fǎ　ya）

　　這機會，你可不要輕易放過呀！（guo　ya）

　　沒有杯子，怎麼喝呀！（hē　ya）

　　快點兒切呀！（qiē　ya）

　　怎麼，你們跟老人住一起呀？（qǐ　ya）

　　咱們一塊兒去呀！（qù　ya）

2. 前一個音節末尾音素是 u（包括 ao、iao）時，"啊" 讀 wa，也可以寫作 "哇"。如：

　　我聽不清楚啊！（chu　wa）

　　原來這麼小哇！（xiǎo　wa）

　　不夠哇！（gòu　wa）

3. 前一個音節末尾音素是 n 時，"啊"讀 na，也可以寫作
"哪"。如：

你也可以打打太極拳哪！（quán na）

你們姐弟倆真是難得的孝順哪！（shun na）

4. 前一個音節末尾音素是 ng 時，"啊"讀 nga，仍寫作"啊"。
如：

北京怎麼樣啊？（yàng nga）

噢，公司的事情啊！（qing nga）

5. 前一個音節末尾音素是舌尖後元音 –i，及前一音節是 er 或
兒化時，"啊"讀 ra，仍寫作"啊"。如：

別客氣，隨便吃啊！（chī ra）

今天是星期日啊！（rì ra）

他有沒有女兒啊！（ér ra）

我是小王（兒）啊！（Wángr ra）

6. 前一個音節末尾音素是舌尖前元音 –i 時，"啊"讀 [z][1]a，
仍寫作"啊"。如：

哪一個字啊？（zì [z]a）

你去過幾次啊？（cì [z]a）

---

1. [z] 是 s 的濁音。

練 習

一、下列各句括號中都可以加上語氣詞"啊",請先根據"啊"的音變規律在括號中填上適當的漢字,然後指出其實際的發音。

1. 這花開得多好看（　　）！

2. 你說的是我（　　）！

3. 你怎麼不去（　　）！

4. 他讓我帶什麼（　　）？

5. 時間到了,你快走（　　）！

6. 你也認識張老師（　　）！

7. 這張單據有用,你別撕（　　）！

8. 你們星期天上哪兒玩兒（　　）？

9. 你到底聽不聽（　　）？

二、下面的句子,請再練習一下。

1. 這花開得多好看哪（na）！

2. 你說的是我呀（ya）！

3. 你怎麼不去呀（ya）！

4. 他讓我帶什麼呀（ya）？

5. 時間到了,你快走哇（wa）！

6. 你也認識張老師啊（ra）！

7. 這張單據有用,你別撕啊（[z]a）！

8. 你們星期天上哪兒玩兒啊（ra）？

9. 你到底聽不聽啊（nga）？

語素次序與語素採用

　　普通話與廣州話在詞彙上的差異不像語音方面那麼大。廣州話詞彙大部分在詞義和書寫形式上跟普通話相同，只是讀音不同而已。

　　這兩課從四個方面談談普通話與廣州話在詞彙上的差別，當然差別不限於這些。

一、語素次序

有些詞語，前後兩字的次序，普通話的和廣州話的剛好相反。如：

廣州話	普通話	廣州話	普通話
緊要	要緊	韆鞦	鞦韆
挤擁	擁挤	經已	已經
訂裝	裝訂	取錄	錄取
人客	客人	怪責	責怪

二、語素採用

1. 表達同一意義，有時廣州話用單字，普通話用雙音節詞語。如：

廣州話	普通話	廣州話	普通話
眼	眼睛	蟹	螃蟹
鼻	鼻子	蟻	螞蟻
耳	耳朵	明	明白
孫	孫子	易	容易
橘	橘子	累	連累
蔗	甘蔗	識	認識

但要注意，有些廣州話單音詞，普通話也是單音詞，不要亂加"子"尾。另外錶、筆等，普通話也用同一單字，或在前面加上一個修飾語，構成雙音節詞：手錶、鋼筆。

2. 表達同一意義，有時普通話和廣州話在語素採用方面部分相同。如：

廣州話	普通話	廣州話	普通話
恤衫	襯衫	鎖匙	鑰匙
豉油	醬油	銀包	錢包
燈胆	燈泡	塑膠	塑料
風扇	電扇	鉛筆刨	轉筆刀

3. 有的雙音節詞，在口語中只用其中一個語素表示，有時普
   通話和廣州話會各自採用不同的語素。如：

	廣州話	普通話
肥胖	肥：你肥咗。	胖：你長胖了。
憎恨	憎：我憎死佢。	恨：我恨透他。
霸佔	霸：你幫我霸個位。	佔：你給我佔個位子。
計算	計：我唔識計。	算：我不會算。
憂愁	憂：唔憂食，唔憂住。	愁：不愁吃，不愁穿。
溶化	溶：啲糖溶晒。	化：糖全化了。
光亮	光：天好早就光。	亮：天很早就亮了。
兇惡	惡：佢好惡。	兇：他很兇。
痲痹	痹：腳都痹晒。	痲：腿都痲了。
寬闊	闊：馬路好闊。	寬：馬路很寬。

練 習

一、下列廣州話句子，普通話應該怎麼說？請說說看，並指出
　　粵普詞彙的差異。

　　1. 這件恤衫太闊，這件冷衫太窄。

　　2. 取錄咗幾多人，你幫我計下。

　　3. 佢話我知，佢識林局長個孫。

　　4. 我個銀包裡面冇幾多錢。

　　5. 佢眼又細，鼻又扁，個樣好惡。

二、下面的詞語，請再練習用普通話造句。

　　襯衫　　毛衣　　錄取　　算　　　告訴　　孫子

　　錢包　　認識　　多少　　眼睛　　鼻子　　樣子　　兇

詞源與同詞異義

一、詞源

1. 廣州話保留古漢語詞較多，這些詞語，普通話已不使用，
或只見於文言詞和成語。如：

> 企（站）　　翼（翅膀）　飲（喝）　　頸（脖子）
> 斟（商議）　幾多（多少）卒之（終於）

2. 把外語翻譯成中文時，普通話與廣州話有時採用不同的借
入方式。如：

英語	廣州話	普通話
bus	巴士	公共汽車
tie	袿	領帶
film	菲林	膠卷（兒）
tip	貼士	賞錢、小費
park	泊車	停車
swaeater	冷衫	毛衣
ice-cream	雪糕	冰淇淋（冰激凌）
refrigerator	雪櫃	電冰箱

3. 普通話和廣州話即使同是使用音譯法借入外語詞，有時也會使用不同的漢字。如：

英語	廣州話	普通話
chocolate	朱古力	巧克力
guitar	結他	吉他
motor	摩打	馬達
sofa	梳化	沙發

二、同詞異義

有時相同的詞語在廣州話與普通話裡意義不同。如：

	在廣州話中的意義 （括號裡是該詞或短語的普通話說法）	在普通話中的意義
紙	1. 紙張 2. 貨幣：港紙（港幣） 3. 證明：醫生紙（診斷證明書、病假證明） 4. 文件：申請紙（申請文件）	同廣州話 1
話	1. 人說出來的能表達思想的聲音 2. 告訴：話我知（告訴我） 3. 責備：俾人話（被人責備） 4. 認為：你話點好（你認為怎麼樣好）	同廣州話 1
化學	1. 學科 2. 靠不住、不耐用：好化學（很不耐用）	同廣州話 1
醒目	1. 顯眼 2. 機靈：佢好醒目（他很機靈）	同廣州話 1
喊	哭：唔好喊（不要哭）	大聲叫
細	小：年紀太細（歲數太小）	粗的反義詞

練　習

一、下列廣州話詞語，普通話應該怎麼說？請說說看。

三文治　　企起身　　打波　　　忌廉　　抵死　　唔睬
好驚　　　鎖匙　　　電單車　　扇　　　宵夜　　燕梳

二、下列廣州話句子，普通話應該怎麼說？請說說看，並指出粵普詞彙的差異。

1. 套梳化計平啲得唔得？

2. 條繩咁幼唔得嘅。

3. 雪櫃度有雪糕。

4. 你食咗幾多隻雞髀同雞翼？

5. 佢好憎日日返工迫巴士，但揸車嘅話，泊車費又好貴。

三、下面的詞語，請再練習用普通話造句。

三明治　　站起來　　打球　　　奶油　　該死　　　不理
很害怕　　鑰匙　　　摩托車　　扇子　　夜宵　　　保險
便宜　　　沙發　　　這麼細　　電冰箱　冰淇淋　雞腿（兒）
雞翅膀　　討厭　　　上班　　　擠　　　開車　　　停車

第十一課 普通話與廣州話語法比較（一）

雙賓語、把字句及狀語位置

　　普通話與廣州話在語法方面的差異比較小，但是，如果不注意克服廣州話的語法習慣，"粵式"普通話很容易就流露出來。這兩課從八個方面簡單介紹普通話和廣州話的語法差異。當然差別不限於這些。

一、雙賓語

　　如果動詞帶上兩個賓語，在普通話中，人稱賓語放在事物賓語的前面，而廣州話則相反。如：

　　普：媽媽每天給我十塊錢。（動詞—人稱—賓語—事物賓語）

　　粵：媽媽每日俾十蚊我。（動詞—事物賓語—人稱賓語）

　　例句：

　　花兒分根了，一棵分為數棵，就贈給朋友們一些。

　　我送她一束鮮花。

　　他遞給我一份試卷。

二、"把"字句

在廣州話中，常用的句式是賓語放在動詞的後面，如："跌斷手"、"食咗佢"。有時也用"將"字把賓語提前，如"將玻璃樽打爛"。

但普通話口語中，會用"把"字把賓語提到動詞之前，如："把胳膊摔折了"、"把它吃光了"、"把玻璃瓶砸碎"。

例句：

他把錢全花光了。

老張把這房子賣了。

天氣好轉，又得把花兒都搬到院子裡去。

三、狀語的位置

普通話狀語在動詞的前面，廣州話狀語有些在動詞的後面。如：

普：我先走。（狀語—動詞）

粵：我走先。（動詞—狀語）

例句：

你說幾句吧！

你先吃飯。

先別吵，聽他講完再說。

太感謝你了！

練　習

一、下列廣州話句子，普通話應該怎麼說？請說說看，並指出
　　粵普語法的差異。

　　1. 你哋食先喇。

　　2. 佢叫我俾兩張飛你。

　　3. 妹妹打爛咗個花樽。

　　4. 叫佢攞多啲返去。

　　5. 佢哋話夜得滯，所以走晒嘞。

二、下面的句子，請再復述一下。

　　1. 你們先吃吧。

　　2. 他叫我給你兩張票。

　　3. 妹妹把花瓶甀（cèi）了。

　　4. 叫他多拿點兒回去。

　　5. 他們說太晚了，所以全走光了。

"有"、"來"、"去" 的用法及比較句

一、"有" 的用法

普通話 "有" 不跟在動詞後面。表示疑問或否定時雖然可以說 "有沒有去？"、"沒有去"，但表示肯定時不說 "有去"。

廣州話表示肯定時用 "有"。

普：A：他有沒有參加？

　　B：參加了。（直接用動詞表示肯定）

粵：A：佢有冇參加？

　　B：有參加。（有—動詞）

例句：

A：你找過他沒有？

B：找過。

A：李先生來過這兒沒有？

B：來過。

A：你吃了沒有？

B：沒吃。

二、"來"和"去"的用法

"來"和"去"在普通話裡常常放在動詞後表示動作的趨向或目的地，如"上街去"、"到我家來"等；廣州話則可以把"嚟（來）"、"去"放在動詞前面，直接帶上處所賓語，說成"去街"、"嚟我屋企"。

普：他看電影去了。（動詞—來／去）

粵：佢去咗睇戲。（來／去—動詞）

例句：

一到星期天，大家一窩蜂湧到郊外去。

咱們吃飯去。

你們到外面玩兒去。

三、"比"、"跟"的比較句

"甲比乙好"和"甲跟乙不同"都是不等比較句，普通話經常用。

廣州話很少用"比"，而是用"甲—形容詞—過—乙"的形式，也很少用"跟"，而是用"同"，有時連"同"也不出現。如：

"佢同你唔同"也可以說"佢唔同你"。

普：他唱得比你好。（甲—比—乙—形容詞）

粵：佢唱得好過你。（甲—形容詞—過—乙）

普：我跟你不一樣。（甲—跟—乙—不一樣）

粵：我唔同你。（甲—唔同—乙）

例句：

隸書比小篆簡單易寫。

姐姐比妹妹高一點兒，妹妹比姐姐白一點兒。

香港跟紐約不一樣。

練　習

一、下列廣州話句子，普通話應該怎麼說？請說說看，並指出
　　粵普語法的差異。

　　1. 得閒嚟北京睇吓。

　　2. 嗰部戲我都有睇。

　　3. 佢去咗返學。

　　4. 我點同你呢？

　　5. 請你送嚟俾我哋。

　　6. 搭巴士平過搭地鐵。

二、下面的句子，請再復述一下。

　　1. 有空兒到北京來看看。

　　2. 那部電影我也看了。

　　3. 他上學去了。

　　4. 我跟你不一樣。／我怎麼跟你比呢？

　　5. 請你給我們送來。

　　6. 坐公共汽車比坐地鐵便宜。

課文部分

第一課　稱謂

甲： 内地人 稱謂 與 香港 有 什麼 不同？他們
Jiǎ: Nèidìrén chēngwèi yǔ Xiānggǎng yǒu shénme bùtóng? Tāmen

互相 之間 是 不是 叫 同志？
hùxiāng zhījiān shì bu shi jiào tóngzhì?

乙： 有 一些 不同，但是 差別 不 大。現在 已經 很
Yǐ: Yǒu yìxiē bùtóng, dànshì chābié bú dà. Xiànzài yǐjing hěn

少 用 同志 了。
shǎo yòng tóngzhì le.

甲： 我 看到 一些 退休 的 領導，他們 之間 稱呼
Jiǎ: Wǒ kàndào yìxiē tuìxiū de lǐngdǎo, tāmen zhījiān chēnghu

同志。
tóngzhì.

乙： 對，退休 的 老幹部，他們 之間 還 沿用 過去
Yǐ: Duì, tuìxiū de lǎogànbù, tāmen zhījiān hái yányòng guòqù

的 這 種 稱呼。
de zhèi zhǒng chēnghu.

甲： 一般 老百姓 之間 如何 稱呼？
Jiǎ: Yìbān lǎobǎixìng zhījiān rúhé chēnghu?

乙： 年紀 大 的 叫 大爺，再 老 的 叫 老大爺。女 的 叫
Yǐ: Niánjì dà de jiào dàye, zài lǎo de jiào lǎodàye. Nǚ de jiào

大媽 或 老大娘。
dàmā huò lǎodàniáng.

甲： 中 年 呢？
Jiǎ: Zhōngnián ne?

乙： 叫 大叔 大嬸兒，年 輕 一點兒 的 就 稱 大哥、
Yǐ: Jiào dàshū dàshěnr, niánqīng yì diǎnr de jiù chēng dàgē、

大嫂 或 大姐。小孩子 叫 小弟弟、小妹妹 或 是
dàsǎo huò dàjiě. Xiǎoháizi jiào xiǎodìdi、xiǎomèimei huò shì

xiǎopéngyou .
小朋友。

甲 Jiǎ：
Xiānggǎng yě jiào ā bó、ā shū、ā gē、ā jiě shénmede .
香港 也 叫 阿伯、阿叔、阿哥、阿姐 什麼的。

乙 Yǐ：
Gēn Xiānggǎng yíyàng，nèidì yě chēnghu xiānsheng、xiǎo
跟 香港 一樣，內地 也 稱呼 先生、小
jie .
姐。

甲 Jiǎ：
Wǒ zhīdao，kěshì yǒu jǐ cì，duìfāng shì nǚshì，wǒ jiào tā
我 知道，可是 有 幾次，對方 是 女士，我 叫 她
xiǎojie，tā hǎoxiàng bú tài kāixīn .
小姐，她 好 像 不 太 開心。

乙 Yǐ：
Rúguǒ duìfāng niánjì dà，nǐ jiào tā xiǎojie，tā dāngrán
如果 對方 年紀 大，你 叫 她 小姐，她 當然
bù gāoxìng . Yīnwei zài Hànyǔ li，xiǎojie shì zhǐ wèihūn de
不 高興。因為 在 漢語 裡，小姐 是 指 未婚 的
niánqīng de nǚzǐ .
年輕 的 女子。

甲 Jiǎ：
Bú shì a，duìfāng niánjì bú dà，yě jiù èrshi duō suì .
不是 啊，對方 年紀 不大，也 就 二十 多 歲。

乙 Yǐ：
Ò，zhè shì lìng yí ge yuányīn le . Nèidì shì zài gǎigé Kāi
哦，這 是 另 一 個 原因 了。內地 是 在 改革 開
fàng hòu huīfù xiǎojie de chēnghu，yǔ cǐ tóngshí，xīngqǐle
放 後 恢復 小姐 的 稱 呼，與此 同時，興起了
sèqíng hángyè，yǒu " sān péi " xiǎojie、yè zǒnghuì xiǎojie
色情 行業，有 "三 陪" 小姐、夜 總會 小姐
děng . Suǒyǐ niánqīng nǚzǐ bú tài yuànyì rénjia jiào zìjǐ xiǎo
等。所以 年輕 女子不 太 願意 人家 叫 自己 小
jie .
姐。

甲 Jiǎ：
Nà，jiào tā shénme hǎo？
那，叫 她 什麼 好？

乙 Yǐ：
Nǐ kěyǐ jiào tā xiǎomèi . Huòzhě chēnghu tā de zhíwèi：
你 可以 叫 她 小妹。或者 稱呼 她 的 職位：

fúwùyuán、shòuhuòyuán、shòupiàoyuán、jiēdàiyuán．Nèidì de
服務員、售貨員、售票員、接待員。內地的

zhíwèi xíguàn zuìhòu shì "yuán" zì．
職位習慣最後是"員"字。

甲：Jīnglǐ、zhǔrèn、sījī hòumian jiù bù néng jiā "yuán" le ba．
甲：經理、主任、司機後面就不能加"員"了吧。

乙：Dāngrán．Zài yǒu Nèidìrén chēnghu，tōngcháng shì xìng
乙：當然。再有內地人稱呼，通常是姓

jiāshang zhíwèi．Rú Lǐ jīnglǐ、Liú zhǔrèn、Wáng tuánzhǎng、
加上職位。如李經理、劉主任、王團長、

Zhào dǒngshìzhǎng．
趙董事長。

甲：Shì bu shi rúguǒ yǒu tóuxián de，nǐ bú jiào chulai，duìfāng
甲：是不是如果有頭銜的，你不叫出來，對方

bù gāoxìng？
不高興？

乙：Kěnéng ba．Háiyǒu，Nèidì liúxíng jiǎnchēng，Qián zǒng de
乙：可能吧。還有，內地流行簡稱，錢總的

zǒng zì，kěyǐ shì zǒnglǐ，yě kěyǐ shì zǒngcái、zǒnggōng
總字，可以是總理，也可以是總裁、總工

chéngshī、zǒngjīnglǐ、zǒngbiānjí．
程師、總經理、總編輯。

甲：Wǒ míngbai，Lín gōng jiù shì Lín gōngchéngshī，Zhōu tuán shì
甲：我明白，林工就是林工程師，周團是

Zhōu tuánzhǎng，Wú duì shì Wú duìzhǎng．
周團長，吳隊是吳隊長。

乙：Nǐ lǐnghuì de kuài，píngshí jiào Lǎo Wāng、Xiǎo Huáng，zhè
乙：你領會得快，平時叫老汪、小黃，這

lǎo、xiǎo yǔ niánlíng yǒuguān．
老、小與年齡有關。

甲：Yǒu méiyǒu Zhōng Wāng？Yě jiù shì bù lǎo yě bù xiǎo．
甲：有沒有中汪？也就是不老也不小。

乙：Nà yīnggāi jiào Dà Wāng．
乙：那應該叫大汪。

練　習

一、課堂談話內容

1. 香港人互相如何稱呼？

　（1）對不同年齡、性別的陌生人

　（2）對不同職位的同事

　（3）對不同行業的人

2. 稱呼與禮貌、修養、社會文化有什麼關係？

3. 命題說話（3分鐘）：我尊敬的人

二、詞語運用與釋例

1. 員

"員"字加在詞語後面，指從事不同工作的人，普通話常用的有：接待員、服務員、售票員、指揮員、教練員、駕駛員、宇航員等。

有些行業的職稱，香港人的說法跟普通話不一樣，例如：

港	普
營業代表	營業員
藝員	演員
姑娘	護士
家務助理 / 女傭 / 工人	保姆 / 阿姨
看更	保安

2. 師傅

一般來說，傳授技藝的人稱＂師傅＂，但某種情況下也用作對一般人的尊稱。＂大師傅＂指的是廚師。

3. 各種不同的人，有以下不同的表達方式：

（1）好樣兒的（有骨氣、有勇氣、有出息的人）：你真是好樣兒的。

（2）老好人（脾氣隨和、待人厚道、沒有原則性的人）：不要當老好人。

（3）大伙兒、大家伙兒（大家）：大伙兒一起幹！

（4）自個兒（zìgěr）（自己）：我自個兒在家。

三、辨別字音

1. 稱	稱（chēng）謂 —— 輕（qīng）微		稱呼 稱讚
2. 程	工程（chéng）—— 感情（qíng）		程度 過程
3. 少	很少（shǎo）—— 很小（xiǎo）		少數 少見
4. 趙	姓趙（Zhào）—— 姓焦（Jiāo）		趙董事長

四、朗讀字詞

純　　小　　何　　訓　　尺　　揭　　駕　　雙　　衡　　肝
雌　　招　　娘　　赤　　堪　　廣　　蠟　　晃　　航　　冊

榜樣　　　警察　　　區分　　　彈性　　　老虎
忍耐　　　名氣　　　按摩　　　發呆　　　逆轉
浪濤　　　憂鬱　　　索性　　　涼快　　　人影兒
栽種　　　背景　　　豁免　　　瓜子兒　　光澤

第二課 消遣

Xiè ：
謝 ： Wǒ mǔqin měi tiān wǎnshang dōu zhāo yì bāng rén dào jiā
我 母親 每 天 晚 上 都 招 一 幫 人 到 家

li dǎ májiàng, nǐmen shuō fánrén bù fánrén, suǒyǐ tiān
裡 打 麻 將，你們 說 煩人 不 煩人，所以 天

tiān wǎnshang wǒ dōu duǒ chulai.
天 晚上 我 都 躲 出來。

Jiāng ：
姜 ： Zìjǐ zū fángzi zhù zuì hǎo le. Gēn jiā li yìqǐ zhù,
自己 租 房子 住 最 好 了。跟 家裡 一起 住，

yí ge diànshì, tā yào kàn Wúxiàn, nǐ yào kàn Yàshì,
一 個 電視，他 要 看 無線，你 要 看 亞視，

zài yǒu yí ge yào kàn yīngwéntái; měi tiān kàn diànshì jiù
再 有 一個 要 看 英文台；每 天 看 電視 就

gòu zhēng yí qì de.
夠 爭 一氣 的。

Zhuāng ：
莊 ： Diànshì kànlái-kànqù jiù shì nàmexiē dōngxi. Xiūxi shí, wǒ
電視 看來 看去 就 是 那麼些 東西。休息 時，我

nìngyuàn yuē jǐ wèi péngyou dào ānjìng de cāntīng chī diǎnr
寧 願 約 幾 位 朋友 到 安靜 的 餐廳 吃 點兒

dōngxi, liáoliaotiānr. Xiǎo Xiè, nǐ yǒu shénme xiāoqiǎn?
東西，聊聊天兒。小 謝，你 有 什麼 消遣？

Xiè ：
謝 ： Shì qū rén tài duō le, wǒ xǐhuan jiāoyóu、páshān、
市區 人 太 多 了，我 喜歡 郊遊、爬山、

shāokǎo、yě cān hé lù yíng. Dào jiāo qū zhì shēn yú
燒烤、野餐 和 露營。到 郊區 置身 於

dàzìrán zhīzhōng, hūxī dào xīnxiān kōngqì, juéde tè bié
大自然 之 中，呼吸 到 新鮮 空氣，覺得 特別

shū fu.
舒服。

Zhuāng : Gōngzuò shang jīngshén yālì dà, guòyú jǐnzhāng, wǒ
莊 : 工 作 上 精 神 壓 力 大，過 於 緊 張，我

xiàle bānr jiù qù tī zúqiú 、 dǎ wǎngqiú huòzhě dǎ
下 了 班（兒） 就 去 踢 足 球、打 網 球 或 者 打

bìqiú, chū yì shēn hàn, xǐ ge zǎo, zài shuì yí jiào,
壁 球，出 一 身 汗，洗 個 澡，再 睡 一 覺，

dì- èr tiān jīngshen jiù tèbié hǎo.
第 二 天 精 神 就 特 別 好。

Jiāng : Dūshìrén de xiāoqiǎn jiù shì kàn diànshì 、 dǎ májiàng,
姜 : 都 市 人 的 消 遣 就 是 看 電 視、打 麻 將，

yàobù jiùshì guàng shāngdiàn, zhōumò jiù qù kànkan diàn
要 不 就 是 逛 商 店，週 末 就 去 看 看 電

yǐng, yí dào jià rì, gōngyuán li jǐ de yàomìng.
影，一 到 假 日，公 園 裡 擠 得 要 命。

Xiè : Nà nǐ xǐhuan shénme huódòng?
謝 : 那 你 喜 歡 什 麼 活 動？

Jiāng : Zū yì sōu yóutǐng chūhǎi, diàoyú la, yóuyǒng la, zú
姜 : 租 一 艘 遊 艇 出 海，釣 魚 啦，游 泳 啦，足

zú wánr shang yì tiān. Nǐ zhīdao, zài hǎitān yóu
足 玩（兒） 上 一 天。你 知 道，在 海 灘 游

yǒng, rén yòu duō, hǎishuǐ yòu bù gānjìng, zuòzhe yóu
泳，人 又 多，海 水 又 不 乾 淨，坐 着 遊

tǐng qù yuǎn yì diǎnr de dì fang, gǎnshòu wánquán bù
艇 去 遠 一 點 兒 的 地 方，感 受 完 全 不

tóng. Nǐmen yǒu méiyǒu xìngqù, yuē yì tiān yìqǐ qù?
同。你 們 有 沒 有 興 趣，約 一 天 一 起 去？

Xiè : Wǒyuànyizuò jiànměicāo, tiào bā lěiwǔ, jì néng xiū xi
謝 : 我 願 意 做 健 美 操，跳 芭 蕾 舞，既 能 休 息

nǎozi, yòu néng duànliàn shēntǐ, wǒ měi lǐbài dōu qù
腦 子，又 能 鍛 煉 身 體，我 每 禮 拜 都 去

liàn liǎng cì. Rénjia dōu shuō wǒ shēncái bǐ yǐqián hǎo
練 兩 次。人 家 都 說 我 身 材 比 以 前 好

duō le.
多 了。

Zhuāng：
莊：

Shàng xīngqīrì, jǐ ge péngyou yuē wǒ qù Dàbù qí
上 星期日，幾 個 朋友 約 我 去 大埔 騎

zìxíngchē, tāmen dōu wánr de fēicháng kāixīn, wǒ
自行車，他們 都 玩（兒）得 非常 開心，我

kě juéde yì diǎnr yìsi dōu méiyǒu.
可 覺得 一點兒 意思 都 沒有。

Jiāng：
姜：

Rén gè yǒu suǒ hào, jiù shuō kāichē ba, běnlái hěn fèi
人 各 有 所 好，就 說 開車 吧，本來 很 費

jīngshen, yǒu rén què bǎ kāi pǎochē dōufēng, qí mótuō
精神，有 人 卻 把 開 跑車 兜風，騎 摩托

chē yuèyě zuòwéi xiāoqiǎn.
車 越野 作為 消遣。

Xiè：
謝：

Yǒu rén jiù xǐhuan cìjī, tāmen zhuānmén qù Zhūhǎi qí
有 人 就 喜歡 刺激，他們 專 門 去 珠海 騎

mǎ、shè jī.
馬、射擊。

Jiāng：
姜：

Nǐ bié shuō, qí mǎ hé shídàn shè jī jiùshì tǐng yǒu yìsi
你 別 說，騎馬 和 實彈 射擊 就是 挺 有意思

de. Wǒ hái tèbié ài fàng pàozhang, Xiānggǎng zhèr
的。我 還 特別 愛 放 炮仗，香 港 這兒

bú ràng fàng, měi nián guònián wǒ dōu qù Shēnzhèn fàng
不 讓 放，每 年 過年 我 都 去 深圳 放

pàozhang.
炮仗。

Xiè：
謝：

Xiǎo Zhuāng, nǐ yě shì, tài hào jìng le, jiù xǐhuan
小 莊，你 也 是，太 好 靜 了，就 喜歡

liáo tiānr. Bú chèn niánqīng de shíhou duō wánr
聊天兒。不 趁 年 輕 的 時候 多 玩（兒）

wánr, dào lǎo le xíng dòng bù fāng biàn, xiǎng
玩（兒），到 老 了 行 動 不 方 便，想

wánr dōu bùxíng le!
玩（兒）都 不 行 了！

Zhuāng：
莊： Shì a, rénjia dōu zhème shuō wǒ. Yǒu ge péngyou yào
是 啊，人家 都 這麼 說 我。有 個 朋友 要

jiāo wǒ dǎ bǎolíngqiú, wǒ méi xìngqù.
教 我 打 保齡球，我 沒 興趣。

Jiāng：
姜： Bù shǎo rén xǐhuan dǎ bǎolíngqiú, wánr táiqiú, kě
不 少 人 喜歡 打 保齡球，玩（兒）檯球，可

wǒ què zěnme yě tí bù qǐ xìngzhì lái.
我 卻 怎麼 也 提 不 起 興致 來。

Xiè：
謝： Bùrú zhèiyàng, Fùhuójié fàngjià, zánmen yíkuàir dào
不如 這 樣，復活節 放假，咱們 一塊兒 到

jiāowài lùyíng qu, chī de dōngxi hé yòngjù wǒ quán fù
郊外 露營 去，吃 的 東西 和 用具 我 全 負

zé, hǎo bu hǎo?
責，好 不 好？

Jiāng：
姜： Bùxíng, bùxíng, wǒ yào qù Ōuzhōu lǚxíng.
不行，不行，我 要 去 歐洲 旅行。

Zhuāng：
莊： Nà jiù shèng zánmen liǎ le, nà yǒu shénme yìsi?
那 就 剩 咱們 倆 了，那 有 什麼 意思？

Xiè：
謝： Bú yàojǐn, wǒ jiào jǐ ge péngyou, nǐ zài yuē jǐ wèi
不要緊，我 叫 幾 個 朋友，你 再 約 幾 位

péngyou, yǒu wǔ-liù ge rén jiù xíng le.
朋友，有 五六 個 人 就 行 了。

Zhuāng：
莊： Wǒ nèixiē péngyou bù zhīdào xiǎng bu xiǎng qù ne.
我 那些 朋友 不 知道 想 不 想 去 呢。

Búyàojǐn, fǎnzhèng hái zǎo, dào shíhou zài shuō ba.
不要緊，反 正 還 早，到 時候 再 說 吧。

Xiè：
謝： Dào shíhou dǎ tuìtánggǔ kě bùxíng a!
到 時候 打 退堂鼓 可 不行 啊！

Jiāng：
姜： Xiǎo Xiè, nǐ yàoshi néng zhǎo de qí rén, suàn nǐ yí dà
小 謝，你 要是 能 找 得 齊人，算 你 一大

běnshi!
本事！

練 習

一、課堂談話內容

1. 課文中提到哪些消遣活動？請說說。你自己喜歡哪幾種消遣活動？

2. 香港生活緊張，娛樂消遣作為一種調劑，在日常生活中不可缺少。請你：

（1）推薦一兩種娛樂消遣活動，並說說它們的好處。

（2）舉出一些你所見所聞的事例，說明沉迷某種消遣娛樂產生的惡果。

3. 命題說話（3分鐘）：

兩題選一題：（1）我的業餘生活　（2）我的假日生活

二、詞語運用與釋例

1. 要命

"要命"表示程度達到極點，廣東人喜歡說"要死"或"死"，如"痛到要死"、"熱到死"……，普通話常常說成"疼得要命"、"熱得要命"等等。也有單獨說"真要命"的，那是"受不了"的意思，表示抱怨時說。如：

一到假日，公園裡擠得要命！

真要命，火車都快開了，他還沒來。

2. 聊天兒

"聊"是"閒聊"，"聊天兒"就是"談天兒"，廣東人叫"傾偈"、"傾閒偈"。如：

小莊就喜歡聊天兒。

有空咱們聊聊。

3. 跟"說"有關的詞語

（1）瞎說（xiā shuō）（亂說）：別瞎說了。

（2）起哄（qǐ hòng）（胡鬧）：他也跟着起哄。

（3）不吭聲兒（bù kēng shēngr）（不說話）：他不吭聲兒，但心裡有數。

（4）唬人（hǔ rén）（虛張聲勢、誇大事實來嚇人或蒙混人）：這是拿來唬人的。

（5）打岔（dǎ chà）（打斷別人說話或轉移話題）：別打岔！

三、辨別字音

1. 趣	興趣（qù）——乾脆（cuì）	有趣 趣味
2. 需	需（xū）要 —— 雖（suī）然	需求 急需
3. 吸	呼吸（xī）—— 夫妻（qī）	吸收 吸引

四、選出適當的量詞，填在括號裡

［台　節　塊　顆　根　面］

1. 一（　）香蕉　　2. 一（　）電池

3. 一（　）圖釘　　4. 一（　）攝像機

5. 一（　）牆　　　6. 一（　）橡皮

第三課 給面子

Jiǎ : Yǒu liǎng nián méi jiànmiàn le , shēngyi zuò dé hěn dà le
甲：有 兩 年 沒 見 面 了，生意 做 得 很 大 了

ba？Tīngshuō nǐ gōngsī zài nèi dì , hěn shǎo huí Xiānggǎng .
吧？聽 說 你 公司 在 內地，很 少 回 香 港。

Yǐ : Shì a , zhè bù , huílái kànbìng .
乙：是 啊，這 不，回來 看 病。

Jiǎ : Nǐ de qì sè hái zhēn shì bú tài hǎo . Dāng lǎobǎn tài lèi le
甲：你 的 氣色 還 真 是 不 太 好。當 老 闆 太 累 了

ba .
吧。

Yǐ : Lèi dào bú yàojǐn , shēnghuó jiānnán , gàn shénme bú lèi？Hē
乙：累 倒 不 要 緊，生 活 艱 難，幹 什 麼 不 累？喝

jiǔ hē huài de .
酒 喝 壞 的。

Jiǎ : Nǐ yǐ qián shì néng hējiǔ de , méi wèntí ya .
甲：你 以 前 是 能 喝酒 的，沒 問題 呀。

Yǐ : Zánmen hē de shì pí jiǔ 、pútaojiǔ . Nèi dì hē de shì liè jiǔ ,
乙：咱 們 喝 的 是 啤酒、葡 萄酒。內地 喝 的 是 烈酒，

dōu shì liùshi dù yǐ shàng de gāoliangjiǔ , diǎnhuǒ néng zháo ,
都 是 六十 度 以 上 的 高 粱酒，點 火 能 着，

jiǎnzhí jiù shì ránliào .
簡直 就 是 燃 料。

Jiǎ : Nǐ kě yǐ biǎomíng bù néng hē zhè liè jiǔ .
甲：你 可 以 表 明 不 能 喝 這 烈酒。

Yǐ : Nǐ xiǎng bu xiǎng zuòchéng shēngyi？Bù xiǎng zuòchéng jiù
乙：你 想 不 想 做 成 生意？不 想 做 成 就

kěyǐ bù hē .
可以 不 喝。

甲： Yǒu zhème yánzhòng ma? Bú huì hē jiǔ jiù béng zuò shēngyi
甲： 有 這麼 嚴 重 嗎?不會 喝酒 就 甭 做 生意

le.
了。

乙： Nǐ hái bié bú xìn, hǎoduō péngyou bú huì hē jiǔ, zuò shēngyi
乙： 你 還 別 不 信,好多 朋友 不 會 喝酒,做 生意

hòu, jiù hěn néng hē jiǔ le.
後,就 很 能 喝酒 了。

甲： Liàn chulai le.
甲： 練 出來 了。

乙： Bú liàn bùxíng a. Nèidì shēngyi shang de hétong, chángcháng
乙： 不 練 不 行 啊。內地 生意 上 的 合同,常 常

bú shì zài huìyìshì li qiānchéng de, ér shì zài fànzhuōr
不 是 在 會議室 裡 簽成 的,而是 在 飯桌(兒)

shang qiān de.
上 簽 的。

甲： Zhè zhèngcháng ma? Yì diǎnr dōu bù yánsù 、zhuāngzhòng.
甲： 這 正 常 嗎?一點兒 都 不 嚴肅、 莊 重 。

乙： Shēngyirén bú huì píngjià hé jìjiào zhèixiē. Zǒngzhī, nǐ nèidì
乙： 生意人 不 會 評價 和 計較 這些。 總之,你 內地

de shēngyi huǒbàn, chī de kāixīn, hē de gāoxìng, dà bǐ yì
的 生意 伙伴,吃 得 開心,喝 得 高 興,大 筆 一

huī hétong jiù qiānchéng le.
揮 合同 就 簽 成 了。

甲： Nà nǐ jiù chī diǎnr 、hē diǎnr, hǒng de duìfāng gāoxìng,
甲： 那 你 就 吃 點兒、喝 點兒,哄 得 對方 高 興,

lìkè náchū hétong lái qiān.
立刻 拿出 合同 來 簽。

乙： Nà nǎr xíng a! Jiǔ děi hē gòu le, gòu bu gòu bú shì wǒ
乙： 那 哪兒 行 啊!酒 得 喝 夠 了,夠 不 夠 不 是 我

shuōlesuàn. Zuì yàomìng de shì, nǐ yǐjing bù néng zài hē
說了 算。最 要 命 的 是,你 已 經 不 能 再 喝

le, tā yòu gěi nǐ mǎnshang yì bēi, shuō nǐ yào bù hē jiù
了,他 又 給 你 滿 上 一 杯,說 你 要 不 喝 就

shì bù gěi tā miàn zi . Nǐ děngzhe tā qiān hétong , gǎn bù
是 不 給 他 面子。你 等着 他 簽 合同，敢 不

gěi tā miànzi ma ?
給 他 面子 嗎？

Jiǎ : Hē bu hē jiǔ gēn gěi bu gěi miàn zi yǒu shénme guān xi ? Zhēn
甲： 喝 不 喝 酒 跟 給 不 給 面 子 有 什麼 關係？真

shì luàn tánqín ! Nǐ jiù shì zhème bù tíng de guàn jiǔ ?
是 亂 彈琴！你 就 是 這麼 不 停 地 灌 酒？

Yǐ : Shì a , zhè shēntǐ néng bù chū wèntí ma ?
乙： 是 啊，這 身體 能 不 出 問題 嗎？

Jiǎ : Jiù méiyǒu ge jiějué de bànfǎ ?
甲： 就 沒有 個 解決 的 辦法？

Yǐ : Zhè bu , wǒ gùle ge rén , hé wǒ yì qǐ qù yìngchou , tā shì
乙： 這 不，我 僱了 個人，和 我 一起 去 應 酬，他 是

bāng wǒ hē jiǔ de . Āi , wǒ yuēle yīshēng děi zǒu le , xià cì
幫 我 喝酒 的。哎，我 約了 醫生 得 走 了，下 次

zánmen hē chá zài liáo .
咱們 喝 茶 再 聊。

Jiǎ : Wǒ gěi nǐ dǎ diànhuà .
甲： 我 給 你 打 電 話。

練 習

一、課堂談話內容

1. 你有喝酒的習慣嗎？

（1）如果喝，在哪些場合喝？喝什麼酒？

（2）如果不喝，是什麼原因？

2. 香港人之間的交際有什麼特點？

3. 命題說話（3分鐘）：談談社會公德或職業道德。

二、詞語運用與釋例

1. 哄（hǒng）

"哄"是哄騙、哄逗的意思。如：

他拿這個到處哄人，千萬不要信他。

奶奶哄着孫子玩兒。（"哄着"也可說成"逗着"）

"哄"在"哄（hōng）動（轟動）"和"起哄（hòng）（胡鬧）"中讀音有所不同，要注意。

2. 甭（béng）

"不用"的合音，表示不需要。如：

A：謝謝你。

B：甭謝。/ 甭客氣。

3. 三字慣用語

（1）亂彈琴：比喻胡鬧或胡扯。

（2）悶葫蘆：指弄不清楚的事情，或難以猜破的啞謎。

（3）敲邊鼓：比喻從旁幫腔。

三、辨別字音

1.	色	氣色（sè）——宿舍（shè）	彩色 色素
2.	肅	嚴肅（sù）——表叔（shū）	肅殺 肅穆
3.	財	財（cái）氣——豺（chái）狼	財產 發財
4.	總	總（zǒng）之——種（zhǒng）子	總結 彙總

四、朗讀字詞

蘇	援	浙	設	曉	防	議	塔	且	拘
體	魏	收	凸	絕	扔	熊	悉	二	阻

邊境	抽打	喪失	闊氣	增值
規矩	罷免	圓舞曲	佳話	突破
不然	允許	鼻樑兒	採購	縫隙
玩意兒	臉譜	惋惜	模糊	顆粒

第四課　鍍金

Jiǎ：　Nǐ shénme shíhou huílai de？Hái huíqu ma？
甲：　你 什麼 時候 回來 的？還 回去 嗎？

Yǐ：　Huílai kuài bàn nián le，shàngbān dōu liǎng ge yuè le，
乙：　回來 快 半 年 了，上 班 都 兩 個 月 了，

　　　bùhuíqu le，zài Xiānggǎng fāzhǎn.
　　　不回去 了，在 香 港 發展。

Jiǎ：　Wǒmen dōu yǐwéi nǐ huì liú zài wàiguó fāzhǎn.
甲：　我 們 都 以為 你 會 留 在 外國 發展。

Yǐ：　Zài wàimian zhǎo hé xīn yì de gōngzuò bù róng yì．Zánmen
乙：　在 外面 找 合 心意 的 工 作 不 容易。咱們

　　　Xiānggǎng shēng，Xiānggǎng zhǎng，háishi huílai shū fu．
　　　香 港 生，香 港 長，還是 回來 舒服。

　　　Zěnme，nǐ zài nǎr gōngzuò？
　　　怎麼，你 在 哪兒 工 作？

Jiǎ：　Yuánlái yǒu fèn gōngzuò，zuòle sān ge yuè，bù kāixīn，
甲：　原 來 有 份 工 作，做 了 三 個 月，不 開 心，

　　　cí le，zhèng zhǎo xīn de gōngzuò．Wǒmen běn dì dà xué
　　　辭了，正 找 新 的 工 作。我 們 本地 大 學

　　　bìyè，bǐ bu shàng nǐmen dùguo jīn de "hǎi guī"，wàizī
　　　畢業，比 不 上 你們 鍍 過 金 的 "海 歸"，外資

　　　gōngsī yuànyi qǐng nǐmen．
　　　公司 願意 請 你們。

Yǐ：　Qiáo nǐ shuō de，wǒ de dǐr nǐ hái bù zhīdào？Yàoshi
乙：　瞧 你 說 的，我 的 底兒 你 還 不 知道？要是

　　　gōngkè hǎo，néng zài Xiānggǎng shàng dàxué，wǒ hái yòng
　　　功課 好，能 在 香 港 上 大 學，我 還 用

　　　huā nàme duō qián qù wàiguó shòuzuì？
　　　花 那麼 多 錢 去 外國 受罪？

甲：　Bì jìng shì nǐmen yǒu guójì shìyě, Yīngyǔ nénglì yě hǎo.
甲：　畢竟 是 你們 有 國際 視野，英語 能力 也 好。

乙：　Bù yídìng, yào kàn jù tǐ de rén, bù néng yígài'érlùn. Wǒ
乙：　不 一定，要 看 具體 的 人，不 能 一概而論。我

　　　tóngxué li jiù yǒu Huárén, Yīngyǔ bǐ wàijí tóngxué hǎo,
　　　同學 裡 就 有 華人，英語 比 外籍 同學 好，

　　　Yīngyǔ lǎoshī dōu jīn bu zhù zàntàn.
　　　英語 老師 都 禁不住 讚歎。

甲：　Zài wàiguó dúshū méiyǒu Xiānggǎng xīnkǔ ba?
甲：　在 外國 讀書 沒有 香港 辛苦 吧？

乙：　Qīngsōng hěn duō, yǒu rén dào le wàiguó jiù shì wánr,
乙：　輕鬆 很 多，有 人 到 了 外國 就 是 玩（兒），

　　　jǐ nián xiàlai, gēnběn méi dúshū.
　　　幾 年 下來，根本 沒 讀書。

甲：　Bàijiā zǐr, jiā li fùmǔ zhīdao ma?
甲：　敗家子（兒），家裡 父母 知道 嗎？

乙：　Nǎr zhīdao a, měi nián hái jì hǎoduō qián qu. Jiā li bú
乙：　哪兒 知道 啊，每 年 還 寄 好多 錢 去。家裡 不

　　　shì hěn yǒuqián de, bú shàngxué qù dǎgōng.
　　　是 很 有錢 的，不 上學 去 打工。

甲：　Wó yě tīngshuō Huárén zài wàiguó dāng hēigōng, yǒude dì
甲：　我 也 聽說 華人 在 外國 當 黑工，有的 地

　　　fang láodònglì quē, jiù zhēng yì zhī yǎn bì yì zhī yǎn.
　　　方 勞動力 缺，就 睜 一 隻 眼 閉 一 隻 眼。

乙：　Zài wǒmen nàr, mǎi háozhái、míngchē, Huárén jū duō. Shí
乙：　在 我們 那兒，買 豪宅、名 車，華人 居多。十

　　　duō èr shi suì de niánqīngrén, kāi Píngzhì、Báomǎ chē de,
　　　多 二十 歲 的 年輕人，開 平治、寶馬 車 的，

　　　mǎn jiē dōu shì.
　　　滿 街 都 是。

甲：　Yǒu gèng lí pǔr de, wǒ mā yǒu ge biǎoqīn, tā érzi qù
甲：　有 更 離譜兒 的，我 媽 有 個 表親，他 兒子 去

　　　wàiguó liúxué. Shū méi dúchéng bù shuō, hái jìn dǔchǎng,
　　　外國 留學。書 沒 讀成 不 說，還 進 賭場，

bǎ qián dōu shū le , hái qiànle yí pìgu zhài .
把 錢 都 輸 了，還 欠 了 一 屁股 債。

乙 Yǐ：
Zuìhòu , shū yě bú niàn huí Xiānggǎng le ba ?
最 後，書 也 不 唸 回 香 港 了 吧？

甲 Jiǎ：
Tā bú shì Xiānggǎngrén , zài nèidì , huí zìjǐ lǎojiā le . Huí
他 不 是 香 港 人，在 內地，回 自己 老家 了。回

dào jiāxiāng bù zhīdào néng gàn shénme .
到 家 鄉 不 知道 能 幹 什麼。

乙 Yǐ：
Nǐ gāngcái shuō , zài wàiguó liúxué Yīngyǔ nénglì gāo . Wǒ rèn
你 剛 才 說，在 外國 留學 英語 能力 高。我 認

shi yí wèi nèidì de liúxuéshēng , dào nàr sān nián le , Yīng
識 一 位 內地 的 留學 生，到 那兒 三 年 了，英

yǔ méi tígāo , Guǎngdōnghuà què shuō de fēicháng hǎo . Tā
語 沒 提高，廣 東 話 卻 說 得 非常 好。他

kě shì běifāngrén , yuánběn bú huì Guǎngdōnghuà .
可是 北方人，原本 不 會 廣 東 話。

甲 Jiǎ：
Zhǔn shì yǔ dāng dì shèhuì tuō lí , jiù zài Huárén quānzi
準 是 與 當 地 社會 脫離，就 在 華 人 圈子

huódòng .
活動。

乙 Yǐ：
Tā xǐ huan duō zī duō cǎi de Xiāng gǎng shēng huó , tiān
他 喜 歡 多 姿 多 彩 的 香 港 生 活，天

tiān gēn Xiānggǎng xuésheng yìqǐ hùn . Rìzi yì cháng ,
天 跟 香 港 學生 一起 混。日子 一 長，

Guǎngdōnghuà liànchéng le .
廣東話 練 成 了。

甲 Jiǎ：
Zánmen jìng shuō fùmiàn de , yé yǒu hěn duō xué yǒu suǒ
咱們 淨 說 負 面 的，也 有 很 多 學 有 所

chéng bàoxiào guójiā de .
成 報 效 國家 的。

乙 Yǐ：
Shì a , yóuqí shì zǎo xiē nián liúxué hǎiwài , xiànzài sì shí suì
是 啊，尤其 是 早 些 年 留學 海外，現在 四十 歲

zuǒyòu de , bù shǎo dōu shì gè jiè jīngyīng , dòngliáng zhī cái .
左 右 的，不 少 都 是 各 界 精英，棟樑 之 材。

練　習

一、課堂談話內容

1. 你身邊有海外留學回來的人嗎？請介紹一下。

2. 很多家長都喜歡把子女送去海外留學，是什麼原因？

3. 命題說話（3分鐘）：

兩題選一題：　（1）我的成長之路　（2）我喜愛的職業

二、詞語運用與釋例

1. 上學、唸書、功課

"上學"、"唸書"都表示"進學校"的意思，廣東人通常說成"讀書"。比如："你個仔讀書未呀？"普通話習慣說："孩子上學了嗎？"其他例子如：

這裡很多人不上學去打工。

他們都把孩子送到外國上大學。

他只唸了幾年書。

2. 離譜兒

普通話的"離譜兒"，跟廣州話裡"離譜"的意思一樣，指說話做事離開公認的準則。

廣州話的"過癮（滿足愛好）"、"爆滿（沒有空位）"，在普通話也都是規範的詞語，意思跟廣州話一樣。

3. 表示時間、數量的一些詞語：

（1）早些年（前幾年）：早些年留學海外的，現在都回來了。

（2）這陣子（這段時間）：這陣子你忙什麼？

（3）老半天（很長時間）：等你老半天了。

（4）多會兒（什麼時候）：你多會兒來的？

（5）四十來歲（近四十歲，或四十歲上下）：張先生四十來歲。

三、辨別字音

1.	鍍	鍍（dù）金——道（Dào）家	電鍍 鍍銀
2.	賭	賭（dǔ）場——島（dǎo）嶼	賭博 打賭
3.	寶	寶（bǎo）馬——補（bǔ）救	寶貝 珠寶
4.	報	報（bào）效——布（bù）鞋	報到 年報

四、請把每組詞語裡的普通話詞語圈出，再讀一讀

1. 開水　　熱滾水　　滾湯

2. 吹牛　　吹大炮　　車大炮　　吹牛三

3. 驚見笑　怕醜　　着羞　　害羞

4. 手巾仔　手絹　　絹頭　　手捏子

5. 吃煙　　吃香煙　　吸煙　　食煙

第五課　購物團

Jiǎ : Kàn nǐmen de xíngchéng , nǐ cānjiā de shì gòuwùtuán .
甲：看 你們 的 行 程 ，你 參加 的 是 購物團。

Yǐ : Shì a , wǒ zhīdao. Tuán fèi piányi , zài shuō Xiǎng gǎng yě
乙：是 啊，我 知道。團費 便宜，再說 香 港 也

méiyǒu shénme lǚyóu jǐngdiǎn , nèi jǐ ge dìfang yǐqián dōu qù
沒有 什麼 旅遊 景點，那 幾 個 地方 以前 都 去

guo le . Zhè bù , wǒ érzi míngnián jié hūn , zhèi cì lái bàn
過 了。這 不，我 兒子 明年 結婚，這 次 來 辦

diǎnr dōngxi .
點兒 東西。

Jiǎ : Zhème kuài jiù jié hūn le , tā bú shì qián nián cái dàxué
甲：這麼 快 就 結婚 了，他 不 是 前年 才 大學

bìyè ma ?
畢業 嗎？

Yǐ : Nǚ de shì tā dàxué tóngxué , liàn'ài tán le wǔ-liù nián le ,
乙：女 的 是 他 大學 同學，戀愛 談 了 五六 年 了，

bú suàn kuài le . Wǒ bǐ tā zháojí , zǎo jié hūn , wó zǎo bào
不 算 快 了。我 比 他 着急，早 結婚，我 早 抱

sūn zi . Chèn wǒmen hái bù lǎo , yòu tuìxiū le , ké yǐ dàidai
孫子。趁 我們 還 不 老，又 退休 了，可以 帶帶

háizi .
孩子。

Jiǎ : Nǐ xiǎng de měi , nǐ érzi tāmen suàn shì tīnghuà de , xiàn
甲：你 想 得 美，你 兒子 他們 算 是 聽話 的，現

zài niánqīngrén xǐhuan tóngjū , bú yuànyi jié hūn . Shēng hái
在 年 輕人 喜歡 同居，不 願意 結婚。生 孩

zi , gèng bié tí le .
子，更 別提 了。

乙： 咱們 的 孩子 教育 得 好， 傳統 教育。明年
十月 初，你 可 得 過來 熱鬧 熱鬧。

甲： 你 不 請，我 也 一定 去。我 聽說 內地 青年
結婚 有 很多 條件。

乙： 對，男 的 要 有 車 有 房，職業 好，工資 高。
要是 什麼 都 沒有 叫 "裸婚"，非常 丟人。

甲： 你 兒子 是 工 程師，工資 也 可以。車 和 房子
呢？

乙： 車 他 有，房子 我 出了 一 筆 錢 作 首付，已經
買下 了。他們 說 以後 還 我 這 筆 錢，還
什麼 呀，早 點兒 生 個 孩子，讓 我 玩（兒）
玩（兒） 就 行 了。

甲： 你 這 次 都 想 買 什麼 東西？兒子 結婚 你 應
該 送 什麼？

乙： 現在 沒 那麼 多 講究，看看 有 什麼 他 合
用，就 買 點兒，是 份 心意。

甲： 買 房子 你 表了 心意，還 再 表 什麼？

乙： Nǐ xiǎngxiang kàn, ér xí fu guò ménr, zǒngděi yǒu diǎnr
你 想 想 看，兒媳婦 過門（兒），總得 有 點兒

jiànmiànlǐ ba, mǎi diǎnr xiàngyàng de shǒushi.
見面禮 吧，買 點兒 像 樣 的 首飾。

甲： Ō, zhè wǒ yào tíxǐng nǐ, tāmen dài nǐ qù de dìfang, nǐ bú
噢，這 我 要 提醒 你，他們 帶 你 去 的 地方，你 不

yào zài nàr mǎi dōng xi. Shuō shénme shìjiè míngpáir,
要 在 那兒 買 東 西。 說 什麼 世界 名牌（兒），

zhékòu dà, zuì piányi, wàimian mǎi bú dào. Zhǐyǒu zuìhòu yí
折扣 大，最 便宜，外 面 買 不 到。只有 最 後 一

jù huà shì zhēn de.
句 話 是 真 的。

乙： Zěnme, quán shì xiāchuī? Gēn wǒmen nàr de "jiǎmào、wěi
怎麼，全 是 瞎吹？跟 我 們 那兒 的 "假冒、偽

liè" yíyàng?
劣" 一樣？

甲： Yě bù yíyàng, tāmen mài de shì zhēn yǒu zhè ge páizi, yě
也 不 一樣，他們 賣 的 是 真 有 這 個 牌子，也

zhēn shì jìnkǒu de. Búguò, bú shì shìjiè míngpáir. Yǒu
真 是 進口 的。不過，不 是 世界 名牌（兒）。有

xiē shǒushi shì nèidì zuò de, cóng nèidì jìnkǒu lái de, zhǐshì
些 首飾 是 內地 做 的，從 內地 進口 來 的，只是

nǐ zài nèidì kàn bu dào.
你 在 內地 看 不 到。

乙： Wǒ míngbai le, shì tāmen zìjǐ jìnkǒu de páizi, suǒ yǐ zài
我 明 白 了，是 他們 自己 進口 的 牌子，所以 在

wàimian shāngdiàn jiàn bu dào.
外面 商 店 見 不 到。

甲： Zuì yàojǐn de shì, tài guì le, bù zhí.
最 要緊 的 是，太 貴 了，不 值。

乙： Wǒ zài diànshì jiémù shang kànguo, yīnwèi qiǎngpò yóukè mǎi
我 在 電視 節目 上 看過，因為 強 迫 遊客 買

dōng xi, yóukè yǔ dǎoyóu dà dǎ chū shǒu.
東西，遊客 與 導遊 大 打 出 手。

甲： Nǐ bù zhīdào，nàxiē dǎoyóu méiyǒu xīnshui，huòzhě xīnshui
你 不 知道，那些 導遊 沒有 薪水，或者 薪水

hěn dī，quán kào yóukè mǎi dōngxi de huíkòu. Hǎoxiàng
很 低，全 靠 遊客 買 東西 的 回扣。好像

dǎoyóu háiyào xiān diànfù yóukè de yìxiē fèiyong.
導遊 還要 先 墊付 遊客 的 一些 費用。

乙： Nà zěnme bàn ne?
那 怎麼 辦 呢?

甲： Nǐ qù nà dìfang yě mǎi yìdiǎnr dōngxi，dǎoyóu yě bù róng
你 去 那 地方 也 買 一點兒 東西，導遊 也 不 容

yi，Xiānggǎng zhèng qián nán na. Nǐmen bú shì yǒu zìyóu
易，香港 掙 錢 難 哪。你們 不 是 有 自由

huódòng shíjiān ma，nǐ xiān xiǎnghǎo mǎi shénme，lā ge
活動 時間 嗎，你 先 想好 買 什麼，拉 個

qīngdān，wǒ dài nǐ qù，yí ge wǎnshang jiù mǎi qí le.
清單，我 帶 你 去，一 個 晚上 就 買 齊 了。

Xiānggǎng huāqián róngyi.
香港 花錢 容易。

乙： Zài Xiānggǎng yǒu nǐ zhèmege péngyou tài hǎo le.
在 香港 有 你 這麼個 朋友 太 好 了。

練 習

一、課堂談話內容

1.香港有"購物天堂"的美譽，說說你的看法。

2.你有朋友來香港旅遊，你會怎樣為他安排行程？（要照
顧觀光、購物、品嚐美食等方面）

3.命題說話（3分鐘）：購物（消費）的感受

二、詞語運用與釋例

1. 首付

"首付"指買房子貸款時第一次的付款,就是香港人說的"首期";房子每個月要"供"款,普通話叫"月供"。在買賣樓房方面,香港的說法有很多跟普通話不同,如:

廣州話	普通話
地產	房地產
買樓	買房子
起樓	蓋樓房
示範單位	樣板房

2. 熱鬧熱鬧

"熱鬧熱鬧"就是"熱鬧一下"的意思,這裡的"熱鬧"當動詞用。在普通話裡,動詞重疊使用很常見,如"看一下"、"打聽一下"會說成"看看"、"打聽打聽"。在廣州話裡,單個字的動詞可以重疊,雙音節的動詞一般不重疊。

普通話雙音節動詞重疊的例子還有:

商量商量	考慮考慮	休息休息
研究研究	介紹介紹	檢查檢查

3. 表示行為的動詞舉例:

(1)丟人（diūrén）（丟臉）:要是什麼都沒有,非常丟人。

(2)夠嗆（gòuqiàng）（十分厲害、夠受的）:熱得夠嗆。

（3）頂事兒（dǐngshìr）（能解決問題）：他來這兒工作真頂事兒。

（4）挑剌兒（tiāocìr）（挑剔、指摘言語行動方面的缺點）：你就愛挑剌兒。

三、辨別字音

1.	職	職（zhí）業——織（zhī）布	職位 求職
2.	偽	偽（wěi）劣——魏（Wèi）晉	偽造 虛偽
3.	導	導（dǎo）遊——道（dào）義	引導 領導

四、朗讀短文

那是力爭上游的一種樹，筆直的幹，筆直的枝。它的幹呢，通常是丈把高，像是加以人工似的，一丈以內，絕無旁枝；它所有的椏枝呢，一律向上，而且緊緊靠攏，也像是加以人工似的，成為一束，絕無橫斜逸出；它的寬大的葉子也是片片向上，幾乎沒有斜生的，更不用說倒垂了；它的皮，光滑而有銀色的暈圈，微微泛出淡青色。這是雖在北方的風雪的壓迫下卻保持着倔強挺立的一種樹！哪怕只有碗來粗細罷，它卻努力向上發展，高到丈許，兩丈，參天聳立，不折不撓，對抗着西北風。

這就是白楊樹，西北極普通的一種樹，然而決不是平凡的樹！

——節選自茅盾《白楊禮讚》

Duǎnwén Liǎng zé
短文 兩則

Jiǎozi
餃子

Zhōngguó de yǐnshí wénhuà zhōng, jiǎozi shì bùkěhuòquē de
中 國 的 飲 食 文 化 中 ，餃 子 是 不 可 或 缺 的

zhǔjuér zhī yī. Súhuà shuō " Dōngzhì bù duān jiǎozi wǎn, dòng
主角（兒）之 一。俗 話 說 "冬 至 不 端 餃 子 碗 ，凍

diào ěrduo méi rén guǎn ", " chūyī jiǎozi chū'èr miàn, chūsān hé
掉 耳 朵 沒 人 管 "，"初 一 餃 子 初 二 麵 ，初 三 合

zi wéi guō zhuàn ", " yíng fēng de jiǎozi, sòng fēng de miàn " děng
子 圍 鍋 轉 "，"迎 風 的 餃 子 ，送 風 的 麵 "等

děng, guānyú jiǎozi de shuōfa duōbúshèngshǔ.
等 ，關 於 餃 子 的 說 法 多 不 勝 數 。

Jiǎozi zài wǒguó yǐ yǒu liǎngqiān liùbǎi duō nián de lìshǐ le.
餃 子 在 我 國 已 有 兩 千 六 百 多 年 的 歷 史 了。

Jiǎozi shì yòng miànfěn hé shuǐ tiáohé hòu, yòng gǎnmiànzhàng gǎn
餃 子 是 用 麵 粉 和 水 調 和 後 ，用 擀 麵 杖 擀

chéng yí gè gè yuányuán de pír, zài pír shang fàngshang tiáo
成 一 個 個 圓 圓 的 皮 兒 ，在 皮 兒 上 放 上 調

hǎo de jiǎozi xiànr, liǎngbiān de pír duì niē, bāochéng yí gè gè
好 的 餃 子 餡 兒 ，兩 邊 的 皮 兒 對 捏 ，包 成 一 個 個

bànyuèxíng xiàng yuánbǎo shìde jiǎozi.
半 月 形 像 元 寶 似 的 餃 子 。

Zhōngguórén zài Chūnjié dànián chūyī chī jiǎozi de xísú, dàyuē
中 國 人 在 春 節 大 年 初 一 吃 餃 子 的 習 俗 ，大 約

定型於漢朝，成了千百年來中國人春節

必不可少的食品。中國人一年中，經歷了春天

的播種，夏天的耕耘，秋天的豐收，冬天的

收藏，在春天再次到來的前夕，一家人團團圓

圓坐在一起，吃一頓團年餃子，寓意平安、喜悅、

吉祥，在新的一年裡，招財進寶。

至於餃子餡兒，也是豐富多彩的，一般有豬肉白

菜、牛肉胡蘿蔔、羊肉大蔥、三鮮餡兒、素餡兒，還

有用西紅柿、柿子椒、白蘿蔔、豆角兒等各種時

令青菜做餡兒。東北人愛用酸菜豬肉包餃子，

取其＂酸寶＂與＂拴寶＂諧音。

好吃不過餃子。當外面的世界寒風凜凜，

瑞雪紛飛時，與家人至親好友圍桌而坐，吃上

一頓豐盛的餃子宴，一起回顧過去一年的豐

收，迎接新一年的喜悅與幸福。

Zhōngguó de jiǔ zhìshǎo yě yǒu wǔqiān nián yǐshàng de lìshǐ
中 國 的 酒 至 少 也 有 五 千 年 以上 的 歷史

le. yōu jiǔ de lìshǐ xíngchéngle Zhōngguójiǔ dútè de fēnggé.
了。悠久 的 歷史 形成了 中國酒 獨特 的 風格。

Zhōngguójiǔ zhǔyào shì yòng liángshi wéi yuánliào niàngzhì ér chéng.
中國酒 主要是 用 糧食 為 原料 釀製 而 成。

Yǐ jiǔ qū wéi táng huà fājiàojì, fù shì fā jiào, bàn gù tài fā jiào,
以 酒麴 為 糖 化 發酵劑,複式 發酵,半固態 發酵,

niàngzhì chéng jù yǒu dōngfāng tèsè de Zhōngguójiǔ.
釀製 成 具有 東 方 特色的 中國酒 。

Zài jǐ qiān nián de Huáxià wénmíng zhōng, jiǔ jīhū shèntòu
在 幾 千 年 的 華夏 文 明 中,酒 幾乎 滲透

dào shèhuì shēnghuó de gè gè lǐngyù. Zhōngguó shì yí ge yǐ nóng lì
到 社會 生 活 的 各個 領域。 中 國 是 一個 以 農 立

guó de guójiā, yíqiè zhèngzhì、jīngjì huódòng dōu yǐ nóngyè fāzhǎn
國 的 國家,一切 政 治、經濟 活 動 都 以 農業 發展

wéi lì zú diǎn. Ér Zhōngguó de jiǔ, jué dàduōshù shì yòng liángshi
為 立足點。而 中 國 的 酒,絕 大多數 是 用 糧食

niàngzào de, niàng jiǔ yè jǐn jǐn yī fù yú nóngyè, chéngwéi nóngyè
釀造 的, 釀 酒業 緊緊 依附 於 農業, 成 為 農業

jīngjì de yí bùfen. Liángshi shēngchǎn de fēng qiàn shì jiǔyè xīngshuāi
經濟的 一部分。糧食 生 產 的 豐 歉 是 酒業 興 衰

de qíng yǔ biǎo, zì gǔ gè cháodài huángdì dōu shì gēnjù liángshi de
的 晴雨表,自古 各 朝代 皇帝 都 是 根據 糧食 的

shōucheng qíngkuàng, tōngguò fā bù jiǔjìn huò kāijìn, yǐ tiáojié jiǔ
收 成 情 況,通過 發佈 酒禁 或 開禁,以 調節 酒

的生產，確保人民的食糧。酒稅的收入在歷史

上還與軍費有關，與戰爭有關，甚至關係

到國家的生死存亡。

中國古人將酒的作用歸納為三類：酒以

養病，酒以養老，酒以禮成。其實還有：酒以

成歡，酒以忘憂，酒以壯膽。酒也使人

沉迷，使人墮落，酒亦傷身，酒亦傷人，多

少貪官污吏是敗在酒綠燈紅之中。

酒也會給人們帶來樂趣，中國人逢重大

節日，都有相應的飲酒活動。如端午節飲

"菖蒲酒"，重陽節飲"菊花酒"，除夕夜飲

"年酒"，結婚時飲"喜酒"。南方人還有"女兒

酒"，朝鮮族有"歲酒"，哈尼族有"新穀酒"。中

國各個民族，住在東西南北的中國人，都用

酒來慶祝他們的節日。

練 習

一、課堂談話內容

1. 香港人過年有哪些節日食品？請介紹一下。

2. 說說煙、酒對人的健康有什麼影響，可以舉出實際的例子加以說明。

3. 命題說話（3分鐘）：

兩題選一題：（1）談談美食　（2）我知道的風俗

二、詞語運用與釋例

1. 蔬菜的叫法

廣州話的"番茄"，普通話習慣叫"西紅柿"，也可叫"番茄"。"白菜"在普通話一般指"大白菜"，即所謂"津白"，廣東人叫"黃芽白"。有很多蔬菜，廣州話和普通話的叫法不一樣，如：

廣州話	普通話
紅蘿蔔	胡蘿蔔
燈籠椒	柿子椒／青椒
粟米	玉米
矮瓜	茄子
青瓜	黃瓜
薯仔	馬鈴薯／土豆兒
芽菜	豆芽兒

2. 表示動作的詞語舉例：

（1）拴（shuān）（用繩子綁在物體上）：把馬拴在這棵樹上。

（2）拽（zhuài）（拉）：一把拽住不放。

（3）揣（chuāi）（藏在衣服裡）：他把照片揣在口袋裡。

（4）甩（shuǎi）（揮動、搖，引申為拋開）：別把他一個人甩在後面。

三、辨別字音

1. 俗	俗（sú）話 —— 族（zú）群	習俗 通俗
2. 祥	吉祥（xiáng）—— 圍牆（qiáng）	祥和 慈祥
3. 喜	喜（xǐ）悅 —— 起（qǐ）用	喜歡 恭喜
4. 興	興（xīng）衰 —— 慶（qìng）祝	興旺 時興

四、請選出（☑）每組句子裡的普通話句子，然後讀一讀

1. ☐ 兩個人的世界。
   ☐ 二個人的世界。

2. ☐ 這裡的冬天冷極。
   ☐ 這裡的冬天很冷。
   ☐ 這裡的冬天冷得極。

3. ☐ 我來過香港。
   ☐ 我有來過香港。
   ☐ 香港我有來。

4. ☐ 這條長板凳坐得三個人。

☐ 這條長板凳能坐三個人。

☐ 這條長板凳會坐得三個人。

5. ☐ 咱們一邊吃飯，一邊說話。

☐ 咱們趕着吃飯，趕着說話。

☐ 咱們一抹兒吃飯，一抹兒說話。

第七課 北上

甲： Shàng cì nǐ shuōle nèidìrén de chēngwèi, wǒ xiàge yuè jiùyào
上 次 你 說 了 內地人 的 稱 謂，我 下 個 月 就要

qù Běijīng gōngzuò, yǒu shénme yào zhù yì de, qǐng nǐ zhǐ
去 北京 工 作，有 什麼 要 注意 的，請 你 指

jiào yí xià.
教 一下。

乙： Zhǐjiào tán bu shàng, wǒ qiánqián-hòuhòu zài nèidì shēng
指教 談 不 上，我 前 前 後 後 在 內地 生

huó、gōngzuòle jìn shí nián, yǒu xiē xīndé éryǐ.
活、工作了 近 十 年，有 些 心得 而已。

甲： Nèidì shēnghuó shì bu shi hěn mèn na?
內地 生 活 是 不 是 很 悶 哪？

乙： Xiànzài hǎo duō le, búguò duì niánqīngrén lái shuō hái shi huì
現在 好 多 了，不過 對 年 輕 人 來 說 還是 會

juéde mèn. Xiānggǎng shēnghuó duōzī-duōcǎi, kěshì, shuō
覺得 悶。香 港 生 活 多姿多彩，可是，說

dào wénhuà shēnghuó, Běijīng hǎo yìxiē, shì wénhuà gǔdū
到 文化 生 活，北京 好 一些，是 文化 古都

ma!
嘛！

甲： Nǐ shuō de shì, yǒu hěn duō míngshèng gǔjì.
你 說 的 是，有 很 多 名 勝 古蹟。

乙： Bùzhǐ shì zhèyàng, zài Běijīng néng kàndào de guónèi、guówài
不只 是 這 樣，在 北京 能 看到 的 國內、國外

de yìshù biǎoyǎn bǐ Xiānggǎng duō, bǐ Xiānggǎng fēngfù.
的 藝術 表演 比 香 港 多，比 香 港 豐富。

甲： Diànyǐng ne, duō bu duō?
電 影 呢，多 不 多？

乙： Guóchǎn Diànyǐng hěn duō, nǐ kěnéng bù xǐhuan kàn. Wài
國產 電影 很 多，你 可能 不 喜歡 看。外

guó diànyǐng bù yídìng duō. Nǐ ài kàn shū ma? Běijīng de
國 電影 不 一定 多。你 愛 看 書 嗎？北京 的

túshūguǎn bǐ Xiānggǎng de dà duō le, shūdiàn yòu duō yòu
圖書館 比 香 港 的 大 多 了，書 店 又 多 又

dà.
大。

甲： Bié tí kàn shū, wǒ ná qǐ shū lai jiù fàn kùn.
別提 看 書，我 拿起 書 來 就 犯 睏。

乙： Shuō dao shuìjiào, nèidì zuòxī guīlǜ yǔ Xiānggǎng bùtóng,
說 到 睡覺，內地 作息 規律 與 香 港 不同，

shàngbān de rén zǎo shuì zǎo qǐ, nǐ yào shìyìng.
上 班 的 人 早 睡 早 起，你 要 適應。

甲： Jiāotōng qíngkuàng zěnmeyàng, shàngbān yào yǒu duōshao shí
交通 情 況 怎麼樣，上 班 要 有 多少 時

jiān huā zài jiāotōng shang?
間 花 在 交通 上？

乙： Zhè kě shì ge dà wèntí. Xiàng suǒyǒu de dà chéngshì
這 可 是 個 大 問題。像 所有 的 大 城市

yíyàng, Běijīng de jiāotōng dǔ de lìhai, yóuqí shì shàng-xià
一樣，北京 的 交通 堵 得 厲害，尤其 是 上 下

bān de gāofēng shíjiān. Nǐ xuǎnzé zhù de dìfang zuìhǎo lí
班 的 高峰 時間。你 選擇 住 的 地方 最好 離

gōngsī bù yuǎn.
公司 不 遠。

甲： Tīngshuō nèidì bànshì jiǎng guānxi, wǒ shì bu shi yào xuéhǎo
聽 說 內地 辦事 講 關係，我 是 不 是 要 學好

lā guānxi?
拉 關係？

乙： Nǐmen gōngsī yídìng yǒu yìxiē jiànlì hǎo de guānxi, bú
你們 公司 一定 有 一些 建立 好 的 關係，不

huì zhǐwang nǐ zhè "xīndīng" qù kāituò. Wǒ jiù gēn nǐ
會 指望 你 這 "新丁" 去 開拓。我 就 跟 你

shuōshuo sònglǐ ba .
說說 送禮 吧。

甲 Jiǎ :
Sònglǐ wǒ dǒng , yào kàn duìfāng shì shénme rén , gēn zìjǐ
送禮 我 懂，要 看 對方 是 什麼 人，跟 自己

shénme guānxi , tā xǐhuan shénme , xūyào shénme .
什麼 關係，他 喜歡 什麼，需要 什麼。

乙 Yǐ :
Bú shì zhèixiē . Wǒ wèn nǐ , nǐ jiēshòule rénjia de lǐwù ,
不 是 這些。我 問 你，你 接受了 人家 的 禮物，

zěnme huíyìng ?
怎麼 回應？

甲 Jiǎ :
Mǎshàng dǎkāi , shuō lǐwù guìzhòng , zìjǐ fēicháng xǐ
馬上 打開，說 禮物 貴重，自己 非常 喜

huan , biǎoshì shífēn gǎnxiè .
歡，表示 十分 感謝。

乙 Yǐ :
Nèidìrén bú shì zhèiyàng , tāmen bú huì dāngzhe sònglǐrén de
內地人 不 是 這 樣，他們 不 會 當着 送禮人 的

miànr dǎkāi lǐwù . Tāmen huì shuō " jiànwài le " ,
面（兒）打開 禮物。他們 會 說 "見外 了"，

" zhēn bùgǎndāng " , " nín pòfèi le " , ránhòu bǎ lǐwù
"真 不敢當"，"您 破費 了"，然後 把 禮物

yuánfēng shōuhǎo . Shìhòu diànhuà li zài dàoxiè . Tāmen jué
原 封 收好。事後 電話 裡 再 道謝。他們 覺

de dāngzhe sònglǐrén de miànr chāifēng , xiǎnde shōulǐrén
得 當着 送禮人 的 面（兒）拆封，顯得 收禮人

tānxīn , méi jiànguo shìmiàn , bù wényǎ 、 bù shēnshì .
貪心，沒 見 過 世面，不 文雅、不 紳士。

甲 Jiǎ :
Wǒ míngbai le , shōudào lǐwù búyào dāngmiànr chāifēng ,
我 明白 了，收 到 禮物 不要 當面（兒）拆封，

sònglǐ shí búyào cuī rénjia : Kuài dǎkāi kànkan , nǐ yídìng
送禮 時 不要 催 人家：快 打開 看看，你 一定

xǐhuan .
喜歡。

乙 Yǐ :
Hái yǒu yì tiáo hěn zhòngyào , qiānwàn bù néng duōzuǐ-duō
還有 一 條 很 重 要，千萬 不 能 多嘴多

shé , luàn shuōhuà .
舌 ， 亂 說 話 。

甲： Píngshí shǎo shuōhuà , chénmò shì jīn .
平時 少 說 話 ， 沉默 是 金 。

乙： Zài Xiānggǎng , yǒurén jiànle nǚháizi jiù shuō nǐ hěn piào
在 香 港 ， 有人 見了 女孩子 就 說 你 很 漂

liang .
亮 。

甲： Duì , shì nǚháizi dōu yuànyi rénjia kuā zìjǐ piàoliang .
對 ， 是 女孩子 都 願意 人家 誇 自己 漂亮 。

乙： Nèi dì nǚháizi méi nà me kāifàng . Nǐ bù guǎn rènshi bu
內地 女孩子 沒 那麼 開放 。 你 不管 認識 不

rènshi , shú bu shú , jiànle jiù shuō rén piàoliang , duìfāng huì
認識 ， 熟 不 熟 ， 見了 就 說 人 漂亮 ， 對方 會

rènwéi nǐ qīngfú , shènzhì shì nǎo zi jìn shuǐ le .
認為 你 輕浮 ， 甚至 是 腦子 進 水 了 。

甲： Wǒ yídìng xiǎoxīn jǐn shèn . Xièxie nǐ !
我 一定 小心 謹慎 。 謝謝 你 ！

練 習

一、課堂談話內容

1. 你到過內地哪些地方？說說你的所見所聞。

2. 你注意到北方人（或內地人）有哪些習俗或社會習慣跟香港人不同？可以舉些例子嗎？

3. 命題說話（3分鐘）：我的家鄉（或熟悉的地方）

二、詞語運用與釋例

1. 犯睏

"犯"是發作的意思，"犯睏"就是感到睏倦想睡覺。除了"犯睏"，還可以說"犯愁"、"犯病"。

2. 腦子進水

"腦子進水"就是說人腦子壞了或腦子有毛病。

3. 表示程度

表示程度可以在詞語前面加上"很"、"十分"、"非常"、"挺"、"常"等，也可以在後面加"得很"、"得厲害"、"極了"等。如：

禮物我非常喜歡，十分感謝。

北京的交通堵得厲害。

價錢挺便宜的。

這小孩兒怪可憐的。

收到生日禮物，他高興極了。

三、辨別字音

1.	姿	多姿（zī）——多汁（zhī）	姿態 英姿
2.	催	催（cuī）促——吹（chuī）奏	催眠 催化
3.	讚	稱讚（zàn）——賺（zhuàn）錢	讚美 讚頌
4.	睡	睡（shuì）覺——隧（suì）道	睡眠 沉睡
5.	拆	拆（chāi）封——猜（cāi）測	拆開 拆散

四、朗讀字詞

刻　挺　川　卿　漂　丟　鉛　女　剖　束

買　停　涉　變　脊　忘　閃　賢　雀　辱

此後	揭露	偵探	不幸	盤子
蓄電池	告辭	考古	抓鬮兒	凌晨
圈套	籌備	未必	捐稅	任務
神秘	糊塗	流氓	打盹兒	割裂

Qīnqíng
親情

Zhāng:
張： Tīngshuō nǐ zuìjìn mǎile xīn fángzi, shénme shíhou qù nǐ
聽說 你 最近 買了 新 房子，什麼 時候 去 你

nàr kànkan.
那兒 看看。

Zhào:
趙： Suíshí huānyíng! Wǒmen gāng bān jin qu sān ge yuè, wǒ
隨時 歡迎！我們 剛 搬 進去 三 個 月，我

mǔqin lǎo xián mèn de huang, zuìhǎo nǐ yì jiā dàxiǎo dōu
母親 老 嫌 悶 得 慌，最好 你 一 家 大小 都

lái, rènao rènao.
來，熱鬧 熱鬧。

Zhāng:
張： Zěnme nǐmen hé lǎorenjia zhù zài yìqǐ ya, nǐ tàitai yuàn
怎麼 你們 和 老人家 住 在 一起 呀，你 太太 願

yi ma? Xiànzài shíxīng "èr rén shìjiè".
意 嗎？現在 時興 "二 人 世界"。

Zhào:
趙： Wǒ zěn néng piēkāi mǔqin bùguǎn ne. Nǐ zhīdao wǒ fùqin
我 怎 能 撇開 母親 不管 呢。你 知道 我 父親

qùshì zǎo, wǒ mā jiù dào fùqin nèi bào tānr mài bào
去世 早，我 媽 就 到 父親 那 報攤（兒）賣 報

zhǐ, wéichí yì jiā rén de shēnghuó. Tā tiān bú liàng jiù chū
紙，維持 一 家 人 的 生活。她 天 不 亮 就 出

qu, tiān hēile cái shōugōng huíjiā, yì nián-dào tóur
去，天 黑了 才 收 工 回家，一 年 到 頭（兒）

dōu shì zhèiyàng.
都 是 這 樣。

Zhāng:
張： Nǐ bú shì háiyǒu ge jiějie ma?
你 不 是 還有 個 姐姐 嗎？

Zhào:
趙： Wǒ jiějie zhōngxué shàngle liǎng nián jiù qù gōngchǎng le.
我 姐姐 中學 上了 兩 年 就 去 工廠 了。

課文部分 95

Nàshí jiā li hěn qióng, shěngchī-jiǎnyòng, yì xīn gōng wǒ
那時家裡很窮，省吃儉用，一心供我

dú shū. Wǒ xiǎoxué、zhōngxué dōu shì zài císhàn jī gòu
讀書。我小學、中學都是在慈善機構

de xuéxiào li niànshū. Wǒ jiě jie shě bu de chī, shě bu de
的學校裡唸書。我姐姐捨不得吃，捨不得

chuān, zǎnle bàn nián qián, gěi wǒ mǎile yì zhāng shūzhuō
穿，攢了半年錢，給我買了一張書桌

hé yì zhǎn táidēng, ràng wǒ zuò gōngkè.
和一盞檯燈，讓我做功課。

Zhāng：Nǐ jiě jie duì nǐ zhēn hǎo!
張　：你姐姐對你真好！

Zhào：Wǒ jiě jie báitiān gànle yì tiān huór, huíjiā hái yào zuò jiā
趙　：我姐姐白天幹了一天活兒，回家還要做家

wù. Nàshí jiā li shēnghuó kùnnan, shě bu de mǎi xiào fú.
務。那時家裡生活困難，捨不得買校服。

Wǒ de xiào fú dōu shì jiě jie yì zhēn- yí xiàn féng de.
我的校服都是姐姐一針一線縫的。

Zhāng：Xiànzài nǐ shàng wánle dà xué, dāngle yīshēng, zhèngle
張　：現在你上完了大學，當了醫生，掙了

qián, kě děi hǎo hāor bàodá nǐ jiě jie.
錢，可得好好兒報答你姐姐。

Zhào：Wǒ jiě jie wèile yǎngjiā, hěn wǎn cái jiéhūn. Tāmen fū fù
趙　：我姐姐為了養家，很晚才結婚。他們夫婦

liǎ dōu zài gōngchǎng gōngzuò. Xiànzài rìzi hǎo le, kě
倆都在工廠工作。現在日子好了，可

háishi nàme shěng. Shěngxia qián lai dǎsuan gōng hái zi qù
還是那麼省。省下錢來打算供孩子去

wàiguó shàngxué, tā de liǎng ge háizi dōu tīnghuà, yě
外國上學，她的兩個孩子都聽話，也

yònggōng, xuéxí chéngjì búcuò.
用功，學習成績不錯。

Zhāng：Nǐ jiě jie zhù zài nǎr ?
張　：你姐姐住在哪兒？

趙 : 就 住 在 我們 家 旁邊（兒）那 套 房子 裡。我 是 兩 套 房子 一起 買 的。

張 : 給 姐姐 買 一 套 房子，你 這 當 弟弟 的 也 不 錯 嘛！

趙 : 哪 是 啊！我 姐姐 孩子 大了，住 的 地方 又 小。我 想 買 兩 個 單元，兩 家 人 都 搬 進去。姐姐 同意 倒 同意，不過 一定 要 自己 出 錢。你 知道 她 辛辛苦苦 攢 下來 的 血汗錢 是 留着 供 孩子 上學 的。

張 : 後來 怎麼樣？

趙 : 我 提出，首期 的 錢 我 出，以後 他們 自己 供 款。我 姐姐、姐夫 還是 不 幹。我 就 拿出 一直 保留 下來 的 姐姐 給 我 做 的 校服，說：
"姐！你 為了 我，那麼 小 就 出去 工作，我 欠 你 的 實在 太 多 了，這 一 次，你 就 讓 我 盡 點兒 心意 吧！" 想起 過去 的 日子，我 忍不 住 眼淚 直 流。

Zhāng: Nǐ jiě jie dāying le ma?
張：你 姐姐 答應 了 嗎？

Zhào: Jiě jie hé jiě fu dōu quàn wǒ:"Zhème dà le, dōu chéng
趙：姐姐 和 姐夫 都 勸 我："這麼 大 了，都 成

jiā le, hái kū?" Zuìhòu māma shuōhuà le:"Shǒu qī
家 了，還 哭?" 最後 媽媽 說 話 了："首期

jiùsuàn nǐ jiègěi jiě jie de, děng tā háizi niànwán shū zài
就算 你 借給 姐姐 的， 等 她 孩子 唸完 書 再

huán nǐ." Zhème yì shuō, jiě jie cái dāying, búguò hái
還 你。" 這麼 一 說，姐姐 才 答應，不過 還

xiěle yí fènr zhèngshì de jièjù.
寫了 一 份（兒） 正 式 的 借據。

Zhāng: Nǐ jiě jie、jiě fu zhēn yǒu zhì qi! Nǐ tài tai shì yǒuqián rén
張：你 姐姐、姐夫 真 有 志氣！你 太太 是 有 錢 人

jiā de dúshēngnǚ, gēn nǐ jiā li de rén hé de lái ma?
家 的 獨 生 女，跟 你 家 裡 的 人 合得來 嗎？

Zhào: Tā hěn xǐ huan wǒ jiě jie, duì wǒ mā yě tè bié xiàoshun. Tā
趙：她 很 喜 歡 我 姐姐，對 我 媽 也 特 別 孝 順。她

shuō nándé xiàng wǒmen jiā chǔ de zhème hǎo.
說 難得 像 我 們 家 處 得 這麼 好。

Zhāng: Nǐmen zhè bù dōu zhù zài yìqǐ le? Zěnme nǐ gāngcái
張：你 們 這 不 都 住 在 一起 了？怎麼 你 剛 才

shuō, nǐ mǔqin hái juéde mèn de huang?
說，你 母親 還 覺得 悶 得 慌 ？

Zhào: Wǒ mǔqin yī zhí zài bàotānr mài bào, wǒ hé jiě jie dōu
趙：我 母親 一直 在 報攤（兒） 賣 報，我 和 姐姐 都

quàn tā bié gàn le, tā bù dāying. Zì cóng bānle jiā,
勸 她 別 幹 了，她 不 答應。自從 搬了 家，

lí bàotānr yuǎn le, tā cái bǎ bàotānr jiāogei
離 報攤（兒） 遠 了，她 才 把 報攤（兒） 交給

péngyou zuò.
朋友 做。

Zhāng: Lǎorenjia xīnkǔ le dàbànbèi zi, yě gāi guò jǐ nián qīngxián
張：老人家 辛苦 了 大半輩 子，也 該 過 幾 年 清 閒

rìzi le.
日子 了。

趙： 每天我們上班的上班，上學的
上學，就剩我媽在家也是悶得慌。我
和姐姐商量，兩家人在一起吃飯。

張： 這樣好！讓你媽媽做飯，老人家每天
買菜做飯有事情做，兩家人一起吃飯
也熱鬧一些。

趙： 但是，她還嫌悶，還想回報攤（兒）去
做，想自己在附近租套房子。

張： 是啊，老人家一直有事做，一下子停下來，
渾身都覺得不自在。再說在那兒賣了幾十
年報紙，周圍商店的人、老街坊都熟
了。人家買份（兒）報紙拉幾句家常，生
活很有樂趣。

趙： 我媽也是這麼說。真沒辦法，我現在
正和姐姐一家商量，看看是不是把這
房子賣了，在報攤（兒）附近買房子呢。

張： 你們姐弟倆真是難得的孝順哪！

練　習

一、課堂談話內容

1. 介紹自己的家庭。說說你在家庭中擔當什麼角色。

2. 根據你的觀察，在香港，一般家庭成員、親屬之間的關係怎麼樣？

3. 命題說話（3分鐘）：童年的記憶

二、詞語運用與釋例

1. 攢錢、掙錢、賺錢

"攢（zǎn）錢"是把錢積蓄起來；"掙（zhèng）錢"是用勞動換取金錢，如廣州話說的"搵錢"；"賺（zhuàn）錢"是獲得利潤。例如：

她辛辛苦苦攢下的血汗錢是留着供孩子上學的。

掙了錢可得好好兒報答你姐姐。

這一次，他賺了很多錢，我呢，是不賺也不賠。

2. 不幹

"不幹"有時候表示"不肯"、"不願意"的意思，相當於廣州話說"唔制"。例如：

我姐姐、姐夫還是不幹。

要我一個人去，我可不幹。

3. 悶得慌

"慌"這裡是"難以忍受"的意思，相當於廣州話用的"死"字，如"餓死"、"攰死"就是"餓得慌"、"累得慌"。例如：

我媽老嫌悶得慌，最好你一家大小都來，熱鬧熱鬧。

幹一上午了，真累得慌。

三、辨別字音

1.	熱	熱（rè）鬧——夜（yè）晚	熱情 熱水
2.	日	日（rì）子——一（yì）早	日本 舊日
3.	忍	忍（rěn）受——隱（yǐn）性	忍耐 殘忍
4.	讓	讓（ràng）步——樣（yàng）本	讓開 讓座

四、選出適當的量詞，填在括號裡

［套　幅　所　家　門　架］

1. 一（　　）國畫　　2. 一（　　）鋼琴

3. 一（　　）公司　　4. 一（　　）家具

5. 一（　　）學校　　6. 一（　　）技術

甲 (Jiǎ):
Nǐmen yì nián bùzhǐ yí ge huángjīnzhōu, yǒu nàme duō
你們 一 年 不只 一 個 黃金周,有 那麼 多

chángjià, kěyǐ qù wàidì lǚyóu, zhēn kāixīn!
長 假,可以 去 外地 旅遊,真 開心!

乙 (Yǐ):
Qíshí yě bù hǎo, suǒyǒu de rén dōu jízhōng zài nèi duàn
其實 也 不 好,所有 的 人 都 集中 在 那 段

shíjiān qù lǚxíng, jiāotōng yōngjǐ, suǒyǒu de jǐngdiǎn dōu
時間 去 旅行,交 通 擁擠,所有 的 景點 都

shì shuǐxièbùtōng. Wǒ kàn niánlì shang tàohóng de rìzi hěn
是 水泄不通。我 看 年曆 上 套紅 的 日子 很

duō, nǐmen Xiānggǎng de jià qī yě zhēn duō.
多,你們 香 港 的 假期 也 真 多。

甲 (Jiǎ):
Yǒu de gēn nèidì yí yàng, bǐrú Yuándàn xīn niánjià, jiù lì
有的 跟 內地 一 樣,比如 元旦 新年假,舊曆

nián yě jiào Chūnjié, fàngjià. Nǐmen Chūnjié jià hěn cháng,
年 也 叫 春 節,放假。你們 春 節假 很 長,

wǒ kàndao diànshì shang de zhuāntí jiémù, zài wàidì gōngzuò
我 看到 電 視 上 的 專題 節目,在 外地 工 作

de guònián huíjiā, xiàng shì dà qiānxǐ.
的 過年 回家,像 是 大 遷徙。

乙 (Yǐ):
Duì, fēijī、huǒchē、qìchē, jǐmǎnle rén. Hái yǒu " pīn
對,飛機、火 車、汽車,擠滿了 人。還有 "拼

chē ", jǐ ge rén gòng yòng yí liàng sīrénchē. Zài gōng
車",幾 個 人 共 用 一 輛 私人車。在 公

lù shang hái néng kàndao mótuōchēduì, hǎoduō rén jiébàn
路 上 還 能 看到 摩托車隊,好多 人 結伴

huíjiā. Zài Xiānggǎng, Zhōngguó de chuántǒng jiérì dōu
回家。在 香 港,中 國 的 傳 統 節日 都

fàngjià?
放假？

甲：清明節、端午節、中秋節、重陽節都
放假，習俗與內地一樣。放假給商人帶來
商機，就說月餅吧，賣多少不清楚，
有人統計過，一個中秋節香港人扔掉
月餅幾百萬個，太浪費了！

乙：內地同樣是用假期刺激內部消費。我們早
就改為五天工作制，推動了消費增長。

甲：你們的長假也繁榮了香港的經濟，
商場尤其是賣名牌兒的商店擠滿了
內地遊客。

乙：我們十月一日、五月一日都放假，三月八
日婦女節也放假。你們呢？

甲：婦女節我們不放假，香港回歸後，十一國
慶節、五一勞動節放假。

乙：年曆上看到，七月一日你們放假，這是
共產黨成立的日子。

甲： Qī-Yī shì Xiānggǎng Tèqū chénglì jìniànrì. Nǐmen Qī-Yī fàng-
甲： 七一 是 香 港 特區 成立 紀念日。你們 七一 放

jià ma?
假 嗎？

乙： Bú fàng, dànshì yǒu hěn duō qìngzhù huódòng. Xiānggǎng
乙： 不 放，但是 有 很 多 慶祝 活 動。香 港

yǒude jià qī yǔ zōngjiào yǒu guānxi, shì ba?
有的 假期 與 宗 教 有 關係，是 吧？

甲： Shì, Fùhuójié hé Shèngdànjié. Shèngdànjié zuì piàoliang,
甲： 是，復活節 和 聖 誕節。聖 誕節 最 漂亮，

Jiānshāzuǐ hé Zhōnghuán jiànzhùwù zhuāngshang dēngshì, hěn
尖沙咀 和 中 環 建築物 裝 上 燈飾，很

duō rén zhàoxiàng liúniàn. Xià cì nǐ Shèngdànjié guòlai, wǒ
多 人 照 相 留念。下次 你 聖 誕節 過來，我

dài nǐ guàngguang.
帶 你 逛 逛。

乙： Hǎo shì hǎo, kěshì wǒmen Shèngdànjié méiyǒu jiàqī. Nǐmen
乙： 好 是 好，可是 我 們 聖 誕節 沒 有 假期。你 們

Chūnjié bú shì yǒu jià ma, lái Běijīng guònian.
春 節 不 是 有 假 嗎，來 北京 過 年。

甲： Bīngtiān-xuědì de, tài lěng le.
甲： 冰 天 雪地 的，太 冷 了。

乙： Bú pà, duō chuān diǎnr yīfu jiù xíng le. Běijīng guònian
乙： 不 怕，多 穿 點兒 衣服 就 行 了。北京 過 年

yǒu hěn duō miàohuì, yǒu mínzú gōngyìpǐn tānwèi, yǒu dìfāng
有 很 多 廟 會，有 民族 工藝品 攤位，有 地方

fēngwèi xiǎochī, hái yǒu biǎoyǎn jiémù. Měi ge miàohuì de
風味 小吃，還 有 表演 節目。每 個 廟會 的

huódòng dōu yǒu gèzì de tèsè. Nǐ yídìng huì guàng de hěn
活 動 都 有 各自 的 特色。你 一 定 會 逛 得 很

kāixīn!
開心！

甲： Xiānggǎng guònian yě yǒu huāchē xúnyóu, yǒu Xiānggǎng gè
甲： 香 港 過年 也 有 花車 巡遊，有 香 港 各

qǐ yè , hái yǒu shìjiè qítā dìfang de biǎoyǎn duìwu , fēicháng
企業，還 有 世界 其他 地方 的 表 演 隊伍，非 常

jīngcǎi . Guònian hé guóqìng de jià qī , Wéi Gǎng shàngkōng
精彩。過 年 和 國 慶 的 假期，維 港 上 空

háiyǒu yānhuā biǎoyǎn ne .
還有 烟花 表演 呢。

Yǐ : Fó dàn nǐmen yě fàngjià ?
乙： 佛 誕 你們 也 放 假？

Jiǎ : Zhè shì yǔ Fójiào yǒuguān de jiérì . Zài nèi tiān Fójiào jī gòu
甲： 這 是 與 佛教 有 關 的 節日。在 那 天 佛 教 機構

jǔ bàn hěn duō huódòng , xìnzhòng , hái yǒu xǔduō shìmín dōu
舉辦 很 多 活 動，信 眾，還 有 許多 市民 都

qù cānjiā .
去 參加。

Yǐ : Xiānggǎng Dàfó hěn xióngwěi zhuàngguān ! Wǒ qù bàiguo .
乙： 香 港 大佛 很 雄 偉 壯 觀！我 去 拜過。

Jiǎ : Nǐ shì fójiàotú ?
甲： 你 是 佛教徒？

Yǐ : Bú shì , wǒ māma bài fó , bài guānyīn . Wǒ cóngxiǎo shòu
乙： 不 是，我 媽媽 拜 佛，拜 觀 音。我 從 小 受

tā yǐngxiǎng , qù miàoyǔ jiù shàng zhù xiāng bài shén . Nǐ
她 影 響，去 廟宇 就 上 柱 香 拜 神。你

hǎoxiàng xìn Jīdūjiào ?
好像 信 基督教？

Jiǎ : Shì a , suǒ yǐ Fùhuójié hé Shèngdànjié yào qù jiàohuì , píng
甲： 是 啊，所以 復活節 和 聖 誕節 要 去 教會，平

shí lǐbài tiān yě yào qù jiàotáng .
時 禮拜天 也 要 去 教堂。

Yǐ : Yǒu xìnyǎng hǎo , búlùn shénme zōngjiào dōu shì dǎo rén xiàng
乙： 有 信 仰 好，不論 什麼 宗 教 都 是 導 人 向

shàn de . Xiānggǎngrén xiūyǎng gāo , shì bu shi yǔ xìnjiào de
善 的。香 港 人 修養 高，是 不 是 與 信教 的

duō yǒuguān ?
多 有 關？

甲： Yě xǔ ba, Zhōng guó yǒu jù lǎo huà, jǔ tóu sān chǐ yǒu
也許 吧， 中國 有 句 老話，舉頭 三 尺 有

shénlíng, rén zài zuò, tiān zài kàn. Zhè dōu shì jiào rén zuò
神靈， 人 在 做， 天 在 看。這 都 是 教 人 做

hǎoshì, búyào zuò huàishì.
好事，不要 做 壞事。

乙： Wǒmen cóng jié-jiàrì shuōdào zōngjiào le.
我 們 從 節假日 說 到 宗 教 了。

練　習

一、課堂談話內容

1. 說說中國和西方都有些什麼節日。在節假日裡，人們有些什麼活動？

2. 你有宗教信仰嗎？談談對宗教的認識。

3. 命題說話（3分鐘）：我喜歡的節日

二、詞語運用與釋例

1. 扔、掉、丟

"扔"是拋棄的意思，"扔了"就是"不要了"；而"掉了"是東西"墜落"或"跌落"，有時也表示"遺失"；"丟了"一般指東西遺失了，用於"丟垃圾"時意思同"扔"。例如：

一個中秋節香港人扔掉月餅幾百萬個。

你的筆掉地上了。

信用卡丟了得馬上通知銀行。

2. 多穿點兒

這裡的"多"用於描述動詞"穿"的狀態，位置在動詞的前面；廣州話則放在後面，說成"着多啲"。普通話這種用法的例子有：

多穿點兒衣服就行了。

你那麼胖，還是少吃點兒好。

3. 也和都

"也"和"都"同樣有"相同"的意思，"也"用於對比、比較，通常有比較項，比如"你去，我也去"；"都"表示總括，包含了全部的情況，比如"我們全班都去"。在廣州話裡，這兩種用法一概用"都"，說普通話時要注意區分。例如：

北京過年有很多廟會，……香港過年也有花車巡遊。

所有景點都是水泄不通。

三、辨別字音

1. 專	專（zhuān）題 —— 遵（zūn）守	專門 專業
2. 巡	巡（xún）遊 —— 春（chūn）遊	巡邏 巡視
3. 信	信（xìn）仰 —— 訊（xùn）息	信息 信心

四、朗讀字詞

森　贏　卵　強　驟　鍛　賊　春　酣　來

均　潤　柔　倉　騷　鍋　恩　否　昌　諷

詞典　　節奏　　口腔　　嚇唬　　門檻兒

祝願　　沒落　　蒼茫　　時髦　　擅自

大臣　　墨汁兒　不祥　　伙計　　下旬

劇場　　歸宿　　枕頭　　埋藏　　粗壯

第十課 落花生

Wǒmen wū hòu yǒu bàn mǔ xìdì. Mǔqin shuō： "Ràng tā
我 們 屋 後 有 半 畝 隙 地。母 親 說 ："讓 它

huāngwú zhe guài kěxī , jìrán nǐmen nàme ài chī huāshēng, jiù
荒 蕪 着 怪 可惜，既然 你 們 那 麼 愛 吃 花 生，就

kāipì chulai zuò huāshēngyuán ba. "Wǒmen zǐ-dì jǐ ge dōu hěn xǐ
開闢 出 來 做 花 生 園 吧。"我 們 姊弟 幾 個 都 很 喜

huan——mǎi zhǒng de mǎi zhǒng, dòng tǔ de dòng tǔ, guànyuán
歡 —— 買 種 的 買 種，動 土 的 動 土，灌 園

de guànyuán；guòle jǐ ge yuè, jūrán shōuhuò le！
的 灌 園 ；過 了 幾 個 月，居然 收 穫 了！

Mǔqin shuō： "Jīnwǎn wǒmen kěyǐ guò yí ge shōuhuòjié,
母 親 說 ："今 晚 我 們 可以 過 一 個 收穫節，

yě qǐng nǐmen diēdie lái chángchang wǒmen de xīn huāshēng, hǎo
也 請 你 們 爹爹 來 嚐 嚐 我 們 的 新 花 生，好

me? " Wǒmen dōu dāying le. Mǔqin bǎ huāshēng zuòchéng hǎojǐ
麼？"我 們 都 答 應 了。母 親 把 花 生 做 成 好 幾

yàng shípǐn, hái fēnfu zài zhè yuánzi de máotíng li guò zhège jié.
樣 食品，還 吩咐 在 這 園子 的 茅 亭 裡 過 這個 節。

Nà wǎnshang tiānsè bú dà hǎo, kěshì fùqin yě lái le, shízài
那 晚 上 天色 不 大 好，可是 父親 也 來 了，實在

hěn nándé. Fùqin shuō： "Nǐmen ài chī huāshēng me? "
很 難 得。父親 說 ："你 們 愛 吃 花 生 麼？"

Wǒmen dōu zhēngzhe dāying： "Ài！"
我 們 都 爭 着 答 應："愛！"

"Shuí néng bǎ huāshēng de hǎochu shuō chulai？ "
"誰 能 把 花 生 的 好 處 說 出 來？"

Zǐzi shuō：" Huāshēng de wèir hěn měi . "
姊姊 說：“花 生 的 味兒 很 美。”

Gēge shuō：" Huāshēng kěyǐ zhà yóu . "
哥哥 說：“花 生 可以 榨 油。”

Wǒ shuō：" Wúlùn shuí dōu kěyǐ yòng jiànjià mǎilai chī；dōu
我 說：“無論 誰 都 可以 用 賤價 買來 吃；都

xǐhuan chī tā . Zhè jiù shì tā de hǎochu . "
喜歡 吃 它。這 就 是 它 的 好處。”

Fùqin shuō：" Huāshēng de hǎochu gùrán hěn duō；dàn yǒu yí
父親 說：“花 生 的 好處 固然 很 多；但 有 一

yàng shì zuì kěguì de . Zhè xiǎoxiǎo de dòur bú xiàng nà hǎokàn de
樣 是 最 可貴 的。這 小 小 的 豆兒 不 像 那 好看 的

píngguǒ、táozi、shíliu，bǎ guǒshí xuán zài zhī shang，xiānhóng nènlǜ
蘋 果、桃子、石榴，把 果實 懸 在 枝 上，鮮 紅 嫩綠

de yánsè，lìng rén yí wàng ér shēng xiànmù zhī xīn . Huāshēng zhǐ
的 顏色，令 人 一 望 而 生 羨慕之心。花 生 只

bǎ guǒshí mái zài dì li，děngzhe chéngshú，cái róng rén wā chulai .
把 果實 埋 在 地裡，等 着 成 熟，才 容 人 挖 出來。

Nǐmen ǒurán kànjian yì kē huāshēng sèsuō de zhǎng zài dì shang，bù
你們 偶然 看見 一棵 花 生 瑟縮 地 長 在 地 上，不

néng lì kè biànchū tā yǒu méiyǒu guǒshí，bìxū jiēchù tā cái néng zhī
能 立刻 辨 出 它 有 沒 有 果實，必須 接觸 它 才 能 知

dao . "
道。”

Wǒmen dōu shuō：" Shì de . " Mǔqin yě diǎndian tóu . Fùqin jiē
我們 都 說：“是 的。”母親 也 點 點 頭。父親 接

xiaqu shuō：" Suǒyǐ nǐmen yào xiàng huāshēng，yīnwei tā shì yǒuyòng
下去 說：“所以 你們 要 像 花 生，因為 它 是 有 用

de，bú shì hǎokàn ér wúyòng de . " Wǒ shuō：" Nàme，rén yào zuò
的，不 是 好看 而 無用 的。”我 說：“那麼，人 要 做

yǒuyòng de rén，búyào zuò zhǐ jiǎng tǐmiàn ér wúyòng de rén le . "
有 用 的 人，不要 做 只 講 體面 而 無用 的 人 了。”

Fùqin shuō : "Zhè shì wǒ duì nǐmen de xī wàng . "
父親　說："這是我對你們的希望。"

Wǒmen tándào yè lán cái sàn , huāshēng zuò de shípǐn zǎoyǐ
我們　談到　夜闌　才散，花　生　做　的　食品　早已

chīwán le , rán'ér fùqin de huà què shēnshēn de yìn zài wǒ de xīn
吃完　了，然而　父親　的　話　卻　深深　地　印　在　我　的　心

li .
裡。

練 習

一、課堂談話內容

1. 我們平時吃的東西，作為農作物，哪些生長在土壤裡，哪些是植物的莖葉，哪些是果實？各舉三種。說說你喜歡哪些。

2. 文章揭示的做人道理，今天有沒有現實意義？當今社會如何做人重要嗎？為什麼？

3. 香港現在流行有機種植，你參加過這種活動嗎？你參觀過農場或植物園嗎？

4. 命題說話（3分鐘）：我的願望（或理想）

二、詞語運用與釋例

1. "把"

"把"常常跟名詞組合，放在動詞前面。如："把果實埋在地裡"，"果實"是"埋"的賓語，由"把"提到了動詞前面。在廣州話裡，動詞在前、賓語在後的用法比較常見，有時

也會用 "將" 字把賓語提前。例如：

誰能把花生的好處說出來？

把這封信交給他。

廣州話會說成 "講出花生的好處"、"交封信俾佢" 或 "將呢封信交俾佢"。

2. 水果的說法

在普通話裡，很多水果的名稱跟廣州話不完全一樣，如 "桃子"，廣州話單說 "桃"，廣州話的 "蕉"、"蔗"，普通話也要說成 "香蕉"、"甘蔗"，叫法不一樣的還有：

廣州話	普通話
橘	橘子
提子	葡萄
車厘子	櫻桃
士多啤梨	草莓
奇異果	獼猴桃
大蕉	芭蕉

三、辨別字音

1.	羨	羨（xiàn）慕 —— 善（shàn）心	豔羨
2.	懸	懸（xuán）掛 —— 緣（yuán）分	懸崖 高懸
3.	縮	瑟縮（suō）—— 宿（sù）舍	縮短 萎縮
4.	觸	接觸（chù）—— 慶祝（zhù）	觸動 觸電

四、請把每組詞語裡的普通話詞語圈出，再讀一讀

1. 下年子　　開年　　來年　　出年

2. 哆嗦　　打震　　抖震　　打抖

3. 剛剛再　　即久　　頭先　　方才

4. 暖熱　　熱沸　　燒暖　　暖和

5. 洋山芋　　洋芋頭　　馬鈴薯　　荷蘭薯

第十一課　高爾夫球

Jiǎ：　Zhèi xīngqīliù wǒ qù Shēnzhèn dǎ gāo'ěr fū，nǐ yě qù，wǒ
甲：　這 星期六 我 去 深圳 打 高爾夫，你 也 去，我

jiāo nǐ.
教 你。

Yǐ：　Tiān tài rè，yòu qù nàme yuǎn，bú qù le.
乙：　天 太 熱，又 去 那麼 遠，不 去 了。

Jiǎ：　Shàng xīngqī shuōdìng de，nǐ zěnme yòu bú qù le？Yīshēng
甲：　上 星期 說 定 的，你 怎麼 又 不 去 了？醫 生

bú shì ràng nǐ duō yùndong yùndong ma. Nǐ kàn wǒ，zì cóng
不 是 讓 你 多 運動 運動 嗎。你 看 我，自 從

jiā qiángle yùndòng，xuèyā zhèngcháng le，xuèzhī yě jiàng
加強了 運動，血壓 正 常 了，血脂 也 降

le.
了。

Yǐ：　Wǒ zhěngtiān lǎnyángyáng de，wèikǒu yě bù hǎo，húnshēn
乙：　我 整 天 懶洋洋 的，胃口 也 不 好，渾身

méi jìnr. Hái děi qù nàme yuǎn duànliàn.
沒勁兒。還 得 去 那麼 遠 鍛煉。

Jiǎ：　Nàr shì Yàzhōu zuì dà de gāo'ěr fū qiúchǎng，shèbèi hǎo，
甲：　那兒 是 亞洲 最 大 的 高爾夫 球 場，設備 好，

kōngqì qīngxīn，fèiyong dī lián.
空氣 清新，費用 低廉。

Yǐ：　Dǎ gāo'ěr fū shì zhèng-shāng jiè gāocéng wánr de，bú shì
乙：　打 高爾夫 是 政 商界 高層 玩兒 的，不 是

lǎobǎixìng de yùndòng.
老百姓 的 運動。

Jiǎ：　Bù néng zhèiyàng shuō，yǐqián dǎ gāo'ěr fū de，yǒuqián
甲：　不 能 這樣 說，以前 打 高爾夫 的，有 錢

rén duō, xiànzài yǐ jing hěn pǔjí le. Qí shí, zài Běiměi,
人 多，現在 已經 很 普及 了。其實，在 北美，

gāo'ěrfū bú shì guìzú wányìr, wǒ Jiānádà jiā fùjìn, jiù yǒu
高爾夫 不 是 貴族 玩意兒，我 加拿大 家 附近，就 有

gāo'ěrfū liànxíchǎng, jīngcháng yǒu jū mín zài lǐmian liànxí,
高爾夫 練習場，經常 有 居民 在 裡面 練習，

jiù xiàng lánqiúchǎng 、yóuyǒngchí yí yàng pǔtōng.
就 像 籃球場 、游泳池 一樣 普通。

乙 : Suǒ yǐ dǎ de hǎo de shì Měiguórén.
乙 : 所以 打 得 好 的 是 美國人。

甲 : Yě bù yí dìng, Yàzhōurén, xiàng Hánguó yě chūguo yōuxiù
甲 : 也 不 一定，亞洲人，像 韓國 也 出過 優秀

de réncái.
的 人才。

乙 : Nǐ rènwéi wǒ néng xué ma, xiànzài jiù kāishǐ xué?
乙 : 你 認為 我 能 學 嗎，現在 就 開始 學？

甲 : Dāngrán néng xué, xīngqīliù yìqǐ qù. Gāo'ěr fū yùndòngliàng
甲 : 當 然 能 學，星期六 一起 去。高爾夫 運 動 量

hěn dà, kěyǐ dádào qùbìng qiángshēn de mùdì, dànshì tā
很 大，可以 達到 去病 強 身 的 目的，但是 它

bú jù liè, liù- qī shí suì yě kěyǐ dǎ.
不 劇烈，六七十 歲 也 可以 打。

乙 : Yī shēng ràng wǒ zuò dàiyǎng yùndòng, yùndòng dào xīntiào jiā
乙 : 醫生 讓 我 做 帶氧 運動，運動 到 心跳 加

kuài, shēn tǐ chū hàn.
快，身體 出 汗。

甲 : Nǐ dǎ gāo'ěr fū zuì hǎo, qiú gānr wǒ tì nǐ zhǔnbèi. Wǒ xiàn
甲 : 你 打 高爾夫 最 好，球杆兒 我 替 你 準備。我 現

zài hòuhuǐ de shì, nèi nián qiúchǎng páng zhǔnbèi gài lóu,
在 後悔 的 是，那 年 球場 旁 準備 蓋樓，

yù shòu cái èr bǎi duō wàn yí tào, hái sòng gāo'ěr fū huìjí,
預售 才 二百 多 萬 一 套，還 送 高爾夫 會籍，

nèidì péngyou jiè shào wǒ mǎi, wǒ méi mǎi.
內地 朋友 介紹 我 買，我 沒 買。

乙： Zhù zài qiúchǎng pángbiān yǒu shénme hǎo de .
住 在 球 場 旁 邊 有 什 麼 好 的。

甲： Yǒu shān yǒu shuǐ , jǐng guān fēi cháng hǎo . Wǒ dāng shí
有 山 有 水，景 觀 非 常 好。我 當 時

xiǎng , bú huì zài nàr zhù , jié guǒ cuòguò jīhuì le .
想，不 會 在 那兒 住，結果 錯過 機會 了。

乙： Wǒ kàn nǐ xiànzài měi ge yuè dōu yào qù nàr zhù qī-bā
我 看 你 現 在 每 個 月 都 要 去 那兒 住 七 八

tiān , yào huā bùshǎo qián na .
天，要 花 不 少 錢 哪。

甲： Huā qián bú suàn , nǐ zhīdao nèi fángzi xiànzài mài duōshao
花 錢 不 算，你 知道 那 房子 現在 賣 多少

qián ?
錢？

乙： Guì hěn duō ba ?
貴 很 多 吧？

甲： Měi tào shàng qiānwàn , huì jí yě guìle shi jǐ bèi .
每 套 上 千 萬，會籍 也 貴了 十 幾 倍。

乙： Nà shì chǎo dì chǎn , chǎo huìjí . Wèi le jiànshēn qù dǎqiú ,
那 是 炒 地 產，炒 會籍。為 了 健 身 去 打球，

jiù bú bì xiǎng nèixiē . Nǐ niánqīng shí xǐ huan tī zúqiú , xiàn
就 不 必 想 那些。你 年 輕 時 喜 歡 踢 足球，現

zài bù tī le ?
在 不 踢 了？

甲： Sān nián qián xī guān jié shòushāng hòu bù tī le . Xīngqīliù
三 年 前 膝 關 節 受 傷 後 不 踢 了。星期六

shàngwǔ bā diǎn wǒ qù nǐ jiā jiē nǐ , zǎo diǎnr qǐchuáng .
上 午 八 點 我 去 你 家 接 你，早 點兒 起床。

乙： Hǎo , wǒ děng nǐ .
好，我 等 你。

練　習

一、課堂談話內容

1. 運動對一個人的健康很重要，你同意嗎？說說你的看法。

2. 香港市民喜歡哪些運動？介紹一下。

3. 命題說話（3分鐘）：我和體育

二、詞語運用與釋例

1. 懶洋洋

"懶洋洋"形容無精打采的樣子。普通話裡 ABB 的重疊式形容詞很多。例如：

紅通通　黑洞洞　軟綿綿　笑盈盈

有些形容詞的後兩個疊字，在口語裡習慣變調唸成第一聲。例如：

灰蒙蒙　熱騰騰

2. 讓、叫、教

"讓"有表示指使的意思，"叫你"做什麼事，也可以說成"讓你"做什麼事。"教"也有"使、命令"的用法，同"叫"。例如：

醫生讓我做帶氧運動。

叫他早點兒回來。

教我怎麼不傷心難過？

3. 表示讚美的形容詞

（1）優秀（品行、學問、成績等非常好）：他兩個孩子很優秀。

（2）棒（bàng）（能力強、水平高）：你的字寫得真棒。

（3）帥（shuài）（漂亮、精神、瀟灑）：你這個樣子真帥。

（4）不賴（好）：他的普通話說得很不賴。

三、辨別字音

1.	脂	血脂（zhī）——血跡（jì）	脂肪
2.	池	游泳池（chí）——言辭（cí）	水池 池塘
3.	籍	會籍（jí）——價值（zhí）	國籍 典籍
4.	膝	膝（xī）蓋——室（shì）外	膝關節 屈膝

四、朗讀字詞

| 籃 | 蟹 | 頃 | 伐 | 對 | 桑 | 擬 | 揍 | 修 | 涯 |
| 繞 | 式 | 晉 | 矩 | 疚 | 農 | 啤 | 餘 | 隸 | 腕 |

檔案	靜脈	可憐	抒情	得失
感慨	兒女	對付	不屈	開竅兒
侍從	猛獸	俗稱	位置	滋潤
後盾	辛勤	火星兒	法律	撰寫

第十二課　溝通

Shēng : Lǎoshī, Pǔtōnghuà gāobān wǒ xuéwán le , hái cānjiā guo
生 ：老師，普通話 高班 我 學完了，還 參加過

cèshì bān, Guójiā Yǔwěi de Pǔtōnghuà cèshì, wǒ de chéngjì
測試 班，國家 語委 的 普通話 測試，我 的 成績

shì sān jí jiǎ děng. Kěshì yǔ nèidì rén jiāowǎng, gōutōng
是 三 級 甲 等。可是 與 內地 人 交 往，溝 通

shang hái yǒu hěn dà wèntí, zhǔyào shì tīng bu míngbai rén
上 還 有 很 大 問題，主要 是 聽 不 明白 人

jia shuō de , hěn kùnhuò !
家 說 的，很 困惑！

Shī : Bù zháojí, nǐ de chéngdù wǒ liǎojiě. Nǐ shuō Pǔtōnghuà
師 ：不 着急，你 的 程度 我 了解。你 說 普通話

zì yīn hái bú tài zhǔn, dànshì bù yǐngxiǎng biǎodá.
字音 還 不 太 準，但是 不 影 響 表 達。

Shēng : Duì, wǒ shuō de , tāmen dōu tīng de dǒng, tāmen shuō,
生 ：對，我 說 的，他 們 都 聽 得 懂，他 們 說，

wǒ tīng jiù máfan le .
我 聽 就 麻煩 了。

Shī : nèidì shuō fāngyán de rén hěn duō, tāmen bǐcǐ zhī jiān,
師 ：內地 說 方言 的 人 很 多，他 們 彼此 之 間，

tīng bù biāozhǔn Pǔtōnghuà de nénglì hěn qiáng. Suǒyǐ , nǐ
聽 不 標 準 普通話 的 能力 很 強。所以，你

shuō de bù zhǔn, tāmen yě tīng de dǒng.
說 得 不 準，他 們 也 聽 得 懂。

Shēng : Shì, tāmen duōshù rén shuōhuà dàiyǒu zìjǐ de xiāngyīn.
生 ：是，他 們 多 數 人 說 話 帶有 自己 的 鄉 音。

Shī : Yīn cǐ , xué Pǔtōnghuà de gāojí jiēduàn, yīnggāi liànxí
師 ：因此，學 普通 話 的 高級 階 段，應 該 練習

聆聽 帶有 鄉音的不 標 準 的普 通 話。
língtīng dàiyǒu xiāngyīn de bù biāozhǔn de Pǔtōnghuà.

Shēng：
生 ： 可是我 聽 北方人 甚至北京人 說 話也
Kě shì wǒ tīng běifāng rén shèn zhì Běijīng rén shuō huà yě

困難。
kùnnan.

Shī ：
師 ： 那是 另外 的 原因 了。北方人 尤其北京人的
Nà shì lìngwài de yuányīn le. Běifāngrén yóuqí Běijīngrén de

輕 聲、兒化，你 聽 起來 困 難。再 有 北京人
qīngshēng、érhuà，nǐ tīng qi lai kùnnan. Zài yǒu Běijīngrén

說 話 捲舌太 厲害。
shuōhuà juǎnshé tài lìhai.

Shēng：
生 ： 捲舌 捲 得我 暈頭 轉 向 的。我 聽 台灣
Juǎnshé juǎn de wǒ yūntóu-zhuànxiàng de. Wǒ tīng Táiwān

國語就 容易多了。
Guóyǔ jiù róng yì duō le.

Shī：
師： 台灣 國語基本 沒有 輕 聲、兒化。你 說 的
Táiwān Guóyǔ jīběn méiyǒu qīngshēng、érhuà. Nǐ shuō de

這些 是 語音 方 面 的 問題。
zhèixiē shì yǔyīn fāngmiàn de wèntí.

Shēng：
生 ： 還 有 就 是，對方 說 的字音我 全部 聽 得
Hái yǒu jiù shì，duìfāng shuō de zìyīn wǒ quánbù tīng de

懂，可是 不 明白那 段 話的意思，或者 誤
dǒng，kě shì bù míngbai nèi duàn huà de yìsi，huòzhě wù

解 對 方 的 意思。
jiě duìfāng de yìsi.

Shī ：
師 ： 這是 深 層次 的 問題。
Zhè shì shēncéngcì de wèntí.

Shēng：
生 ： 您 說 得這麼 深奧、高級。
Nín shuō de zhème shēn'ào、gāojí.

Shī ：
師 ： 我 指 的 是 語用 規律 和 社會 文化 方 面 的
Wǒ zhǐ de shì yǔyòng guīlù hé shèhuì wénhuà fāngmiàn de

差異。
chāyì.

Shēng： Xué Pǔtōnghuà hái shèjí zhème gāoshēn de wèntí？
生 ： 學 普 通 話 還 涉 及 這 麼 高 深 的 問 題？

Shī ： Zhè hěn zhòngyào，xiànzài hěn duō Pǔtōnghuà kèchéng，dōu
師 ： 這 很 重 要，現 在 很 多 普 通 話 課 程 ，都

bú zhòngshì zhè fāngmiàn de jiàoxué，zài kèchéng shèjì hé
不 重 視 這 方 面 的 教 學，在 課 程 設 計 和

jiàocái fāngmiàn，dōu bú shì hěn lǐ xiǎng，suǒyǐ xuésheng
教 材 方 面，都 不 是 很 理 想，所 以 學生

gōutōng nénglì de tígāo shòudào hěn dà xiànzhì.
溝通 能力 的 提高 受 到 很 大 限制。

Shēng： Zěnme cái néng jiějué ne？
生 ： 怎 麼 才 能 解 決 呢？

Shī ： Wǒ yǐjing yánjiū le jǐ nián，jíjiāng chūbǎn yí tào jiàocái.
師 ： 我 已 經 研 究 了 幾 年，即 將 出 版 一 套 教材。

Shēng： Wǒ yídìng mǎi yí tào，nín huì bu huì kāishè kèchéng a？
生 ： 我 一 定 買 一 套，您 會 不 會 開 設 課 程 啊？

Shī ： Zhǔnbèi hǎo huì kāi bān，jiàoxué huì yòng duō méitǐ jí
師 ： 準 備 好 會 開 班，教 學 會 用 多 媒 體 及

hùdòng de fāngshì. Nǐ yǒu xìngqù ma？
互動 的 方 式。你 有 興 趣 嗎？

Shēng： Fēicháng gǎn xìngqù，nín jìde tōngzhī wǒ.
生 ： 非 常 感 興 趣，您 記 得 通 知 我。

練　習

一、課堂談話內容

1. 你認為自己的普通話說得怎麼樣？說說自己有哪些進步和不足。

2. 你有哪些機會接觸和使用普通話？

（1）在工作範疇

（2）在生活範疇

（3）在社交範疇

3. 命題說話（3分鐘）：學習普通話的體會

二、詞語運用與釋例

1. 不着急

"着急"是"急躁不安"的意思，"不着急"或"別着急"就是"不用擔心"，如廣州話的"唔使驚"。例如：

不着急，你雖然說得還不太準，但不影響溝通。

時間還早，別着急。

2. 暈頭轉向

形容頭腦昏亂，迷失方向，相當於廣州話"頭都暈"、"頭都大"。例如：

船把我搖晃得暈頭轉向。

捲舌捲得我暈頭轉向的。

3. 這些表達方式，你學會了嗎？

（1）一分都拿不到，真丟人。

（2）他三歲就唸書（上學）了。

（3）我有事，得先走了。

（4）他一個月掙不了多少錢。

（5）我們回去商量商量，再給你個回覆。

三、辨別字音

1.	彼	彼（bǐ）此——皮（pí）尺	彼岸
2.	規	規（guī）律——虧（kuī）本	規則 法規
3.	溝	溝（gōu）通——叩（kòu）頭	水溝
4.	決	解決（jué）——欠缺（quē）	決定 決賽

四、選出適當的量詞，填在括號裡

〔 隻　　扇　　頭　　盤　　顆　　口 〕

1. 一（　　）炸彈　　　2. 一（　　）井

3. 一（　　）磁帶　　　4. 一（　　）窗戶

5. 一（　　）蒜　　　　6. 一（　　）袖子

五、請把每組詞語裡的普通話詞語圈出，再讀一讀

1. 圓子　　　元宵　　　正月半　　　湯糰

2. 鼻空　　　鼻哥窿　　　鼻孔　　　鼻公窟

3. 頸萊　　　脖子　　　頭頸　　　頸根

4. 一世人　　　一輩子　　　一生人

5. 餡頭　　　餡兒　　　餡子　　　心子

六、請選出（☑）每組句子裡的普通話句子，然後讀一讀

1. ☐ 先坐下，你不慌着。
   ☐ 先坐下，你別慌吵。
   ☐ 先坐下，你別慌嘛。

2. ☐ 我太過緊張了。
   ☐ 我太緊張了。
   ☐ 我過緊張了。

3. ☐ 他累得滿頭大汗。
   ☐ 他累得汗流。
   ☐ 他累得汗滴滴聲。

附　錄

多音多義字舉例

　　本冊收錄多音多義字 41 組，各個讀音下均列舉詞例。收錄的字例，主要選自《普通話水平測試實施綱要》（北京商務印書館）中的六十篇朗讀作品。多音字按筆畫順序排列。

1.	了	le liǎo	yǒu le 有了 gàn·bùliǎo　liǎojié 幹不了　了結
2.	少	shào shǎo	shàonǚ 少女 shǎoshù 少數
3.	吐	tǔ tù	tǔ ·chū 吐出 ǒu tù 嘔吐
4.	好	hǎo hào	hǎorén 好人 ài hào 愛好
5.	血	xiě xuè	yì dī xiě 一滴血 xuèguǎn 血管
6.	似	shì sì	shìde 似的 sì hū　xiāng sì 似乎　相似

7.	泊	bó	piāobó 漂泊
		pō	húpō 湖泊
8.	空	kōng	kōnghuà　luòkōng 空話　落空
		kòng	kòngwèi　kòngdì 空位　空地
9.	勁	jìn	màijìnr 賣勁兒
		jìng	qiángjìng 強勁
10.	挑	tiāo	tiāoxuǎn 挑選
		tiǎo	tiǎozhàn 挑戰
11.	倒	dǎo	dǎotā　dǎoméi 倒塌　倒霉
		dào	dàotuì　dàohǎo 倒退　倒好
12.	埋	mái	máizàng 埋葬
		mán	mányuàn 埋怨
13.	差	chā	chābié 差別
		chà	chàbuduō 差不多
		chāi	chūchāi 出差
		cī	cēncī 參差
14.	晃	huǎng	huǎngyǎn 晃眼
		huàng	huàngdòng　huàngyōuyōu 晃動　晃悠悠

15.	秘	mì	shénmì 神秘
		bì	Bìlǔ 秘魯
16.	強	jiàng	juéjiàng 倔強
		qiáng	qiángdà 強大
		qiǎng	miǎnqiǎng 勉強
17.	得	de	shuō de 說得
		dé	dédào 得到
		děi	hái děi 還得
18.	掃	sǎo	sǎoxìng 掃興
		sào	sàozhou 掃帚
19.	掙	zhēng	zhēngzhá 掙扎
		zhèng	zhèngtuō 掙脫
20.	教	jiāo	jiāo wǒ 教我
		jiào	jiàoyù 教育
21.	盛	chéng	chéng fàn 盛飯
		shèng	shèngkuàng 盛況
22.	紮	zā	zāchéng 紮成
		zhā	zhùzhā 駐紮

23.	累	lěi lèi	tuō lěi 拖累 hěn lèi 很累	
24.	處	chǔ chù	xiāngchǔ 相處 chùsuǒ 處所	
25.	喝	hē hè	hē shuǐ 喝水 hèlìng 喝令	
26.	場	cháng chǎng	yì cháng dà zhàn 一場大戰 yì chǎng biǎoyǎn 一場表演	
27.	答	dā dá	dāying 答應 dá'àn 答案	
28.	結	jiē jié	jiē shi　jiē guǒ 結實　結果（長出果實開花結果） jié shù　jié guǒ 結束　結果（事物發展達到的最 後狀態）	
29.	着	zhe zháo zhuó zhāo	kànzhe 看着 zháojí　yòngdezháo 着急　　用得着 zhuóluò　zhízhuó 着落　執着 méi zhāor le 沒着兒了	

30.	塞	sāi	sāidào 塞到
		sè	bìsè 閉塞
		sài	Sàiwài 塞外
31.	暈	yūn	yūndǎo 暈倒
		yùn	yùnquān 暈圈
32.	禁	jīn	jīn bu zhù 禁不住
		jìn	jìnzhǐ 禁止
33.	寧	níng	níngjìng 寧靜
		nìng	nìngyuàn 寧願
34.	漲	zhǎng	zhǎngcháo 漲潮
		zhàng	gāozhàng 高漲
35.	稱	chèn	duìchèn 對稱
		chēng	chēngzàn 稱讚
36.	噴	pēn	pēn sǎ 噴灑
		pèn	pènxiāng 噴香

37.	彈	dàn	zǐ dàn 子彈
		tán	tánxìng 彈性
38.	數	shǔ	bùkěshèngshǔ 不可勝數
		shù	wúshù 無數
39.	模	mó	móxíng　móhu 模型　模糊
		mú	mú　yàngr 模樣（兒）
40.	論	lún	Lúnyǔ 論語
		lùn	lǐlùn 理論
41.	縫	féng	fénghé 縫合
		fèng	lièfèng　fèngxì 裂縫　縫隙

普通話音節表

例字 聲母		a	o	e	ê	er	-i	ai	ei
					開口的韻母				
雙唇音	b	ba 巴	bo 玻					bai 白	bei 杯
	p	pa 趴	po 坡					pai 拍	pei 呸
	m	ma 媽	mo 摸	me 麼				mai 埋	mei 眉
唇齒音	f	fa 發	fo 佛						fei 飛
舌尖中音	d	da 搭		de 得				dai 呆	dei 得
	t	ta 他		te 特				tai 胎	
	n	na 拿		ne 訥				nai 奶	nei 內
	l	la 拉		le 樂				lai 來	lei 雷
舌根音	g	ga 嘎		ge 哥				gai 該	gei 給
	k	ka 卡		ke 科				kai 開	kei 剋
	h	ha 哈		he 喝				hai 海	hei 黑
舌面音	j								
	q								
	x								
舌尖後音	zh	zha 渣		zhe 遮			zhi 知	zhai 齋	zhei 這
	ch	cha 插		che 車			chi 吃	chai 拆	
	sh	sha 沙		she 奢			shi 詩	shai 篩	shei 誰
	r			re 熱			ri 日		
舌尖前音	z	za 雜		ze 則			zi 資	zai 災	zei 賊
	c	ca 擦		ce 測			ci 疵	cai 猜	cei 瓪
	s	sa 撒		se 色			si 私	sai 腮	
零聲母		a 啊	o 噢	e 鵝	ê 欸	er 兒		ai 哀	ei 欸

例字 韻母 聲母		開口的韻母					
		ao	ou	an	en	ang	eng	ong
雙唇音	b	bao 包		ban 般	ben 奔	bang 幫	beng 崩	
	p	pao 抛	pou 剖	pan 潘	pen 噴	pang 乓	peng 烹	
	m	mao 貓	mou 謀	man 蠻	men 悶	mang 忙	meng 矇	
唇齒音	f		fou 否	fan 翻	fen 分	fang 方	feng 風	
舌尖中音	d	dao 刀	dou 兜	dan 單	den 扽	dang 當	deng 登	dong 東
	t	tao 滔	tou 偷	tan 攤		tang 湯	teng 疼	tong 通
	n	nao 腦	nou 耨	nan 南	nen 嫩	nang 囊	neng 能	nong 農
	l	lao 撈	lou 樓	lan 蘭		lang 郎	leng 冷	long 龍
舌根音	g	gao 高	gou 溝	gan 甘	gen 根	gang 剛	geng 耕	gong 工
	k	kao 考	kou 摳	kan 刊	ken 肯	kang 康	keng 坑	kong 空
	h	hao 蒿	hou 後	han 酣	hen 很	hang 杭	heng 哼	hong 轟
舌面音	j							
	q							
	x							
舌尖後音	zh	zhao 招	zhou 周	zhan 沾	zhen 真	zhang 張	zheng 爭	zhong 中
	ch	chao 超	chou 抽	chan 攙	chen 琛	chang 昌	cheng 稱	chong 充
	sh	shao 燒	shou 收	shan 山	shen 伸	shang 傷	sheng 生	
	r	rao 繞	rou 柔	ran 然	ren 人	rang 嚷	reng 扔	rong 榮
舌尖前音	z	zao 遭	zou 鄒	zan 簪	zen 怎	zang 髒	zeng 增	zong 宗
	c	cao 操	cou 湊	can 參	cen 岑	cang 倉	ceng 層	cong 聰
	s	sao 搔	sou 搜	san 三	sen 森	sang 桑	seng 僧	song 鬆
零聲母		ao 凹	ou 歐	an 安	en 恩	ang 骯	eng 鞥	

例字 聲母 \ 韻母	i開頭的韻母									
	i	ia	ie	iao	iu (iou)	ian	in	iang	ing	iong
雙唇音 b	bi 逼		bie 別	biao 標		bian 邊	bin 賓		bing 冰	
p	pi 批		pie 撇	piao 飄		pian 篇	pin 拼		ping 乒	
m	mi 瞇		mie 咩	miao 苗	miu 謬	mian 棉	min 民		ming 明	
唇齒音 f										
舌尖 中音 d	di 低		die 爹	diao 雕	diu 丟	dian 顛			ding 丁	
t	ti 梯		tie 貼	tiao 挑		tian 天			ting 聽	
n	ni 妮		nie 捏	niao 鳥	niu 妞	nian 年	nin 您	niang 娘	ning 寧	
l	li 哩	lia 倆	lie 咧	liao 撩	liu 溜	lian 連	lin 林	liang 涼	ling 拎	
舌根音 g										
k										
h										
舌面音 j	ji 基	jia 家	jie 街	jiao 交	jiu 究	jian 堅	jin 今	jiang 江	jing 京	jiong 窘
q	qi 七	qia 掐	qie 切	qiao 敲	qiu 秋	qian 千	qin 親	qiang 腔	qing 清	qiong 窮
x	xi 希	xia 瞎	xie 些	xiao 消	xiu 休	xian 先	xin 新	xiang 香	xing 星	xiong 兄
舌尖 後音 zh										
ch										
sh										
r										
舌尖 前音 z										
c										
s										
零聲母	yi 衣	ya 鴨	ye 耶	yao 腰	you 優	yan 煙	yin 因	yang 央	ying 英	yong 庸

例字＼韻母		u 開頭的韻母								ü 開頭的韻母			
聲母		u	ua	uo	uai	ui (uei)	uan	un (uen)	uang	ueng	ü	üe	üan	ün
雙唇音	b	bu 不												
	p	pu 鋪												
	m	mu 木												
唇齒音	f	fu 夫												
舌尖中音	d	du 督		duo 多		dui 堆	duan 端	dun 蹲						
	t	tu 禿		tuo 脫		tui 推	tuan 湍	tun 吞						
	n	nu 奴		nuo 挪			nuan 暖				nü 女	nüe 虐		
	l	lu 嚕		luo 囉			luan 亂	lun 掄			lü 呂	lüe 略		
舌根音	g	gu 姑	gua 瓜	guo 鍋	guai 乖	gui 規	guan 關	gun 滾	guang 光					
	k	ku 哭	kua 誇	kuo 闊	kuai 快	kui 虧	kuan 寬	kun 昆	kuang 筐					
	h	hu 呼	hua 花	huo 豁	huai 懷	hui 灰	huan 歡	hun 昏	huang 荒					
舌面音	j										ju 居	jue 撅	juan 捐	jun 軍
	q										qu 區	que 缺	quan 圈	qun 群
	x										xu 虛	xue 靴	xuan 宣	xun 熏
舌尖後音	zh	zhu 珠	zhua 抓	zhuo 桌	zhuai 拽	zhui 追	zhuan 專	zhun 諄	zhuang 裝					
	ch	chu 初	chua 欻	chuo 戳	chuai 揣	chui 吹	chuan 穿	chun 春	chuang 窗					
	sh	shu 書	shua 刷	shuo 説	shuai 衰	shui 水	shuan 栓	shun 順	shuang 雙					
	r	ru 如		ruo 若		rui 瑞	ruan 軟	run 潤						
舌尖前音	z	zu 租		zuo 昨		zui 最	zuan 鑽	zun 尊						
	c	cu 粗		cuo 撮		cui 催	cuan 汆	cun 村						
	s	su 蘇		suo 縮		sui 雖	suan 酸	sun 孫						
零聲母		wu 烏	wa 蛙	wo 窩	wai 歪	wei 威	wan 彎	wen 溫	wang 汪	weng 翁	yu 迂	yue 約	yuan 冤	yun 暈

［注］　上表各音節例字中，如屬非第一聲字，均加底色。

漢語拼音方案

一、字母表

字母：	A a	B b	C c	D d	E e	F f	G g
名稱：	ㄚ	ㄅㄝ	ㄘㄝ	ㄉㄝ	ㄜ	ㄝㄈ	ㄍㄝ

	H h	I i	J j	K k	L l	M m	N n
	ㄏㄚ	ㄧ	ㄐㄧㄝ	ㄎㄝ	ㄝㄌ	ㄝㄇ	ㄋㄝ

	O o	P p	Q q	R r	S s	T t
	ㄛ	ㄆㄝ	ㄑㄧㄡ	ㄚㄦ	ㄝㄙ	ㄊㄝ

	U u	V v	W w	X x	Y y	Z z
	ㄨ	ㄪㄝ	ㄨㄚ	ㄒㄧ	ㄧㄚ	ㄗㄝ

V 只用來拼寫外來語、少數民族語言和方言。字母的手寫體依照拉丁字母的一般書寫習慣。

二、聲母表

b	p	m	f		d	t	n	l
ㄅ玻	ㄆ坡	ㄇ摸	ㄈ佛		ㄉ得	ㄊ特	ㄋ訥	ㄌ勒

g	k	h		j	q	x
ㄍ哥	ㄎ科	ㄏ喝		ㄐ基	ㄑ欺	ㄒ希

zh	ch	sh	r		z	c	s
ㄓ知	ㄔ蚩	ㄕ詩	ㄖ日		ㄗ資	ㄘ雌	ㄙ思

在給漢字注音的時候，為了使拼式簡短，zh ch sh 可以省作 ẑ ĉ ŝ。

三、韻母表

		i ㄧ 衣	u ㄨ 烏	ü ㄩ 迂
a ㄚ 啊		ia ㄧㄚ 呀	ua ㄨㄚ 蛙	
o ㄛ 喔			uo ㄨㄛ 窩	
e ㄜ 鵝		ie ㄧㄝ 耶		üe ㄩㄝ 約
ai ㄞ 哀			uai ㄨㄞ 歪	
ei ㄟ 欸			uei ㄨㄟ 威	
ao ㄠ 熬		iao ㄧㄠ 腰		
ou ㄡ 歐		iou ㄧㄡ 憂		
an ㄢ 安		ian ㄧㄢ 煙	uan ㄨㄢ 彎	üan ㄩㄢ 冤
en ㄣ 恩		in ㄧㄣ 因	uen ㄨㄣ 溫	ün ㄩㄣ 暈
ang ㄤ 昂		iang ㄧㄤ 央	uang ㄨㄤ 汪	
eng ㄥ 亨的韻母		ing ㄧㄥ 英	ueng ㄨㄥ 翁	
ong （ㄨㄥ）轟的韻母		iong ㄩㄥ 雍		

（1）"知、蚩、詩、日、資、雌、思"等七個音節的韻母用 i，即：知、蚩、詩、日、資、雌、思等字拼作 zhi，chi，shi，ri，zi，ci，si。

（2）韻母 ㄦ 寫成 er，用做韻尾的時候寫成 r。例如："兒童"拼作 er tong，"花兒"拼作 huar。

（3）韻母 ㄝ 單用的時候寫成 ê。

（4）i 行的韻母，前面沒有聲母的時候，寫成 yi（衣），ya（呀），ye（耶），yao（腰），you（憂），yan（煙），yin（因），yang（央），ying（英），yong（雍）。

u 行的韻母，前面沒有聲母的時候，寫成 wu（烏），wa（蛙），wo（窩），wai（歪），wei（威），wan（彎），wen（溫），wang（汪），weng（翁）。

ü 行的韻母，前面沒有聲母的時候，寫成 yu（迂），yue（約），yuan（冤），yun（暈）；ü 上兩點省略。

ü 行的韻母跟聲母 j，q，x 拼的時候，寫成 ju（居），qu（區），xu（虛），ü 上兩點也省略；但是跟聲母 n，l 拼的時候，仍然寫成 nü（女），lü（呂）。

（5）iou，uei，uen 前面加聲母的時候，寫成 iu，ui，un。例如 niu（牛），gui（歸），lun（論）。

（6）在給漢字注音的時候，為了使拼式簡短，ng 可以省作 ŋ。

四、聲調符號

陰平	陽平	上聲	去聲
ー	ノ	∨	＼

聲調符號標在音節的主要母音上，輕聲不標。例如：

媽 mā	麻 má	馬 mǎ	罵 mà	嗎 ma
（陰平）	（陽平）	（上聲）	（去聲）	（輕聲）

五、隔音符號

a，o，e 開頭的音節連接在其他音節後面的時候，如果音節的界限發生混淆，用隔音符號（'）隔開，例如：pi'ao（皮襖）。

責任編輯　　李玥展　張橙子
美術設計　　吳冠曼

書　　名　**新編普通話教程**（高級・修訂版）
編　　著　張勵妍　肖正芳　楊長進
統　　籌　姚德懷
主　　編　繆錦安
出　　版　三聯書店（香港）有限公司
　　　　　香港北角英皇道 499 號北角工業大廈 20 樓
　　　　　Joint Publishing (H.K.) Co., Ltd.
　　　　　20/F., North Point Industrial Building,
　　　　　499 King's Road, North Point, Hong Kong
香港發行　香港聯合書刊物流有限公司
　　　　　香港新界大埔汀麗路 36 號 3 字樓
印　　刷　陽光印刷製本廠
　　　　　香港柴灣安業街 3 號 6 字樓
版　　次　2012 年 11 月香港第一版第一次印刷
規　　格　大 32 開（140 × 210 mm）144 面
國際書號　ISBN 978-962-04-3193-7